토마스 만의 『마법의 산』 읽기

세창명저산책_073

토마스 만의 『마법의 산』 읽기

초판 1쇄 인쇄 2020년 9월 14일
초판 1쇄 발행 2020년 9월 21일

_

지은이 윤순식
펴낸이 이방원
기획위원 원당희
편 집 정우경·김명희·안효희·송원빈·최선희
디자인 손경화·박혜옥·양혜진
영 업 최성수   **기획·마케팅** 정조연

_

펴낸곳 세창미디어
출판신고 2013년 1월 4일 제312-2013-000002호
주소 03735 서울시 서대문구 경기대로 88 냉천빌딩 4층
전화 02-723-8660 **팩스** 02-720-4579
이메일 edit@sechangpub.co.kr **홈페이지** http://www.sechangpub.co.kr/
블로그 blog.naver.com/scpc1992 **페이스북** fb.me/Sechangofficial **인스타그램** @sechang_official

_

ISBN 978-89-5586-628-5 02850

이 도서의 국립중앙도서관 출판예정도서목록(CIP)은 서지정보유통지원시스템 홈페이지(http://seoji.nl.go.kr)와 국가자료종합목록 구축시스템(http://kolis-net.nl.go.kr)에서 이용하실 수 있습니다.(CIP제어번호 : CIP2020041882)

세창명저산책_073

Thomas
MANN

윤순식 지음

토마스 만의 『마법의 산』 읽기

세창미디어
MEDIA

삶과 죽음의 갈등을 휴머니즘으로 승화시킨
20세기 최고의 아이러니스트

1875년에 태어나 19세기 끝자락에 창작활동을 시작한 토마스 만은 그 시대의 가장 위대한 시민적 작가였다. 또한 독일 휴머니즘의 부활을 추구하여 20세기 문학에 큰 획을 그은 비판적 리얼리스트로서, 동시대 사회의 위대한 교사였다. 1929년 『부덴브로크가의 사람들』(1901)로 노벨 문학상을 수상한 토마스 만은 의외로 한국에는 잘 알려져 있지 않다. 그 이유는 독일 문학 작품이 원래 관념론에 바탕을 둔 탓도 있겠지만, 무엇보다 그의 글이 꽤나 어렵기 때문이다. 다시 말해 그의 작품은 간결한 문장으로 끝나는 법이 좀체 없는 만연체인 데다가 내용 또한 언제나 이중적 의미를 띠기 때문이다.

토마스 만은 60여 년 동안 매일 오전 9시부터 12시까지 하늘이 두 쪽 나도 창작 작업에 매진했다. 이 때문에 친교라고 일컬을 만한 관계를 맺기 어려웠다. 그는 자기중심적이었고 경솔했으며, 또한 예민하고 거만하기 그지없었다. 1975년 그의 탄생 100주년을 기념할 당시에 그는 문학사에서 유례를 찾기 힘들 정도의 공격 대상이 되었다. 물론 인간에 대한 이해와 호의라는 긍정적 평가가 없었던 것은 아니었지만, 그는 수많은 독일 작가들로부터 비정직성과 비겁성의 화신이라는 비난을 받아야 했다.

그렇지만 그의 작품을 들여다보면 그 속에는 독일 소설의 특징인 인생의 의미에 대한 심오한 인식이 깔려 있다. 다시 말해 우리가 독일 소설이라고 하면 어렴풋이 떠올리는 총체성, 즉 인생 일단면의 묘사가 아닌 세계와 인생의 총체성이 제시되어 있는 것이다. 그래서 헝가리 출신의 유명한 문예이론가 루카치는 세계문학사에서 가장 위대한 작가 한 사람을 꼽아 보라는 질문에 주저 없이 이 토마스 만을 지칭했다. 한마디로 그는 20세기 전반의 가장 위대한 독일 작가인 것이다.

이 책은 토마스 만의 장편소설 『마법의 산』을 통해 그의 생각을 읽어 내는 데 목적이 있다. 세기말의 암울한 '데카당스'적 분위기에서 청년기를 보낸 토마스 만은 초기 작품에서 예외 없이 삶과 죽음, '시민성'과 '예술성'의 갈등이라는 오로지 예술적 자아의 문제를 다룬다. 그러나 이후 후기 시민사회를 바라보는 입장의 차이로 그의 형 하인리히 만과 소위 '형제논쟁'을 벌이면서, 민주적 입장의 형과는 노선을 달리하여 한때이긴 하지만 분명히 보수적·국수적 입장을 취한다. 이러한 정치적 입장이 상당한 변화를 겪은 후인 1924년에 출간된 『마법의 산』은 그의 작가적 도정에서 하나의 큰 전환점을 이루는 작품이다. 그리고 『마법의 산』은 11년간의 집필기간 중에 발발했던 제1차 세계대전으로 애초 의도와는 달리 갖가지 명상들로 가득찬 방대한 장편소설로 발전하였다.

그래서 『마법의 산』을 읽을 때는 작가의 의도를 잘 파악해야 한다. 이 책 '토마스 만의 『마법의 산』 읽기'는 분량은 아주 짧지만 핵심내용을 압축적으로 담고 있다. 교양소설, 시대소설, 시간소설이면서 성년입문소설이기도 한 『마법의 산』의 바탕에는 토마스 만의 서사정신이라고 할 수 있는 '아이러니'가 내재되어 있다. 독자들은 꼼꼼한 독서를 통해 '아이러니'라는 키워드를 부디 잘 체득하기 바란다.

유례없는 팬데믹의 상황에서, 또한 가뜩이나 어려운 인문학 출판계에서 선뜻 이 책을 출간해 주신 세창미디어의 이방원 사장님과 이 책을 기획하신 원당희 박사님, 그리고 편집부 정우경 님에게 고마움을 표한다.

2020년 9월
윤순식

제2장 작가론 — 토마스 만과 작품세계

제1장
작품론 ─『마법의 산』

1.『마법의 산』의 핵심내용

1)『마법의 산』의 사회적 배경

『마법의 산*Der Zauberberg*』(1924)은 토마스 만이 49세 때 출간한 소설로 그의 작가적 도정에서 하나의 큰 전환점을 이룬다. 『한 비정치적 인간의 고찰』(1918) 이후 공화주의자로 변화한 그의 정치의식과는 달리,『마법의 산』에서는 초기 작품들에서 보여 준 예술가 및 데카당스의 문제성이 그대로 형상화되어 있다. 토마스 만 스스로 밝히고 있듯이『마법의 산』은 본래『베네치아에서의 죽음』보다 약간 더 긴 단편소설로 그것과 짝을 이루는 작품으로 구상되었으나, 집필기간(1913-1924) 중에 일어난 제1차 세계대전으로 갖가지 명상으로 가득한 방대한 장편소설로 발전되었다.

『마법의 산』의 탄생 과정은 잘 알려져 있듯이, 그의 부인이 1912년에 별로 대단치 않은 폐렴을 앓게 되어 고산지대인 스위스 다보스에 있는 요양원에서 반년 동안 지내게 되었고, 그해 5월 말에서 6월 초 3주 간의 문병 체험이 발단이 되었다. 방문객이었던 그가 '성가신 기관지염에 걸리게 되자' 폐결핵에 걸릴까 염려한 요양원 의사가 반년 동안 요양을 권유하기도 했다.

제1차 세계대전 전 당시의 토마스 만은 자신의 의지와는 상관없이 다가오는 시대를 피부로 느끼고 있었으며, 또한 새로운 것 —독일국수주의—과는 끝내 타협할 수 없었다. 그리고 개인적인 정체의식과 시대의 전환에 대한 예감이 중첩되어 그의 내면에 중대한 위기감이 조성되고 있었다. 전쟁 중에 『마법의 산』 집필은 보류되었고, 그 대신 『한 비정치적 인간의 고찰』이 완성되었다. 이 책 이전까지 토마스 만은 정치적 문제와는 동떨어진 예술가였지만 이제는 유명한 정치적 저널리스트였다. 하지만 전쟁이 끝나자 토마스 만은 정치적 저작활동에 신물을 내며 즉

시 서사문학과 문학적 에세이로 되돌아왔고, '교육적 자기훈련의 책'이라고 스스로 말하는 『마법의 산』을 재집필하여 1924년 세상에 선보인다.

한 가지 재미있는 사실은, 프랑스의 작가 앙드레 지드는 토마스 만이 노벨 문학상을 받자 축전을 보냈는데, 노벨상 위원회에서 선정한 『부덴브로크가의 사람들』보다는 『마법의 산』의 완성을 더 높이 평가했다는 것이다. 물론 토마스 만 자신도 이 사실을 부정하지는 않았다.

미국에서는 영문판 『마법의 산The magic mountain』이 베스트셀러가 되었고, 독일에서는 토마스 만의 첫 장편소설 『부덴브로크가의 사람들』의 새로운 문고판이 거의 백만 부 이상 팔렸다. 하지만 정작 『마법의 산』의 판매는 5만 부 정도였는데, 레마르크의 전쟁소설 『서부전선 이상 없다』가 백만 부 이상 팔린 사실을 보면 당시의 시대상황이 어떠했는지 짐작할 수 있다.

2) 『마법의 산』의 의의

주인공 한스 카스토르프는 그를 교육시키려는 4명의 교육자들의 노력과 그 대립으로 전통적인 의미의 교양을 쌓아 나가는 듯하지만, 결국은 어느 쪽에도 치우치지 않고 거리를 유지하게 된다. 즉 『마법의 산』의 핵심이 되는 「눈雪」 장면의 꿈속에서, 세템브리니와 나프타 사이 어느 쪽에도 치우치지 않으면서 그저 고개만 끄덕이는 한스 카스토르프의 태도는 확정도 결단도 내리지 않는 '유보로서의 아이러니'를 결정적으로 드러낸다. 교양소설적 전통하에 있는 주인공 한스 카스토르프의 「눈」 장면에서의 인식은 우리에게 아주 의미심장한 메시지를 전해 주는 듯하지만, 애써 얻은 그의 인식마저도 다시 상대화되어 금방 모호해지게 되는 것 또한 토마스 만 아이러니의 특징이다.

『마법의 산』에서는 「눈」 장면에서의 인식 이후 새로운 인물 페페르코른의 등장으로 새로운 대립이 이루어지게 된다. 즉 카스토르프는 「눈」 장면에서 세템브리니와 나프타의 논쟁에 대한 자기 나름의 합명제―"인간은 선과 사랑을 위해 결코 죽음에다 자기 사고의 지배권을 내어 주어서는 안 된다"―를 얻어내지만, 그것을 잊어버려서 다시 새로운 교육자 페페르코른이 등장하게 되는 것이다. 그러나 페페르코른이 카스토르프에게 끼친 영향은 외적으로는 의미 있는 종합적 인간상으로 수용되지만, 내적으로는 새로운 시대적 이념을 받아들이지 못하는 무기력한 인간상을 보여 주는 것이었다. 그래서 카스토르프는 병과 죽음이 지배하는 베르크호프 요양원에서 하산하여 현실적 삶으로 방향을 돌린다. 바로 참전이다. 이 결과는 '교양 이상'에 도달하지 못했다고 볼 수 있으므로, 전통적 의미에서의 교양소설로 간주할 수 있는 가능성을 희박하게 만든다.

결국 『마법의 산』에서 주인공 한스 카스토르프는 교육자들의 의견을 곧이곧대로 받아들이지 않는다. 교육자들의 의견을 통해 자신의 지평을 현저히 확장하긴 하지만, 그들의 의견은 절대적 가치를 지니지 못한다.

『마법의 산』은 이전까지의 작품에서 보였던 삶과 죽음, 생과 예술, 시민성과 예술성 등의 대립적 인생관을 극복하여 이제는 대립에 지배당하지 않고 역으로 대립을 지배하고 전진하는 것이 인간의 이상적인 생활방식이라는 사상을 제기한 토마스 만의 사상 전환에 하나의 기념비적인 작품이다. 아울러 독일민족의 위대성을 찬양하려는 새로운 게르만 신화에 경도된 독일 낭만주의적인 보수주의에 대해 결별을 고하는 책이 되었다. 『마법의 산』에서는 말한다. "이 책의 봉사는 삶에 대한 봉사이며,

이 책의 의지는 건강을 추구하며, 이 책의 목표는 미래이다."
낭만주의적인 '죽음에의 공감'을 민주주의적인 '삶에 대한 호의'
로 변화시키는 정신의 변형을 완성한 것이다.

3) 『마법의 산』의 구성과 등장인물

(1) 구성

『마법의 산』은 전체적으로 998쪽, 총 7권으로 구성되어 있는
데 제5권까지가 1부이며 제6, 7권은 2부를 구성한다. 1부는 비
시민적 세계를 대표하는 쇼샤 부인과 인문주의자 세템브리니
의 대립을 그리고 있으며, 제5권 마지막 장 「발푸르기스의 밤
Walpurgisnacht」에서 그 절정을 이루고 여기서 쇼샤 부인은 잠시 요
양원을 떠난다. 2부는, 전반부에서는 새로이 등장한 예수회원
나프타와 세템브리니의 대립을 묘사하고 있으며, 중반부 이후
에는 나프타와 세템브리니의 결론 없는 논쟁이 이어지고 1부
마지막에 요양원을 떠났던 쇼샤 부인과 새로이 등장한 페페르
코른이라는 인물이 서로 대비된다.

(2) 등장인물

한스 카스토르프: 주인공. 견실한 시민계급 출신의 23세 독일 청년. 엔지니어 시험에 합격한 후 고향 함부르크를 떠나 사촌 요아힘 침센이 치료를 받고 있는 알프스 고지대의 베르크호프 요양원을 찾는다. 그는 문병할 목적으로, 또 기분 전환을 위해서 3주 예정으로 방문했지만 그곳에서 병이 발견되어 7년 동안 머물게 된다. 제1차 세계대전이 일어나자 병이 완치되지 않은 채 그대로 참전한다.

요아힘 침센: 카스토르프의 사촌. 제국 군대 사관후보생으로 임용되었다가 폐결핵으로 요양원에 들어온다. 사명감이 강한 전형적인 프로이센 군인 유형. 완치되지 않은 채 입영하지만 병이 더 악화되어 다시 요양원에 돌아온다. 결국 요양원에서 죽는다.

베렌스: 베르크호프 요양원의 원장. 요양원의 소유자이고 경영자인 것처럼 보이지만, 사실 그의 배후에는 모습을 드러내지 않는 권력이 존재한다. 수술의 대가이며 그림에도 상당한 조예가 있다.

크로코프스키: 베렌스의 조수. 환자들의 정신분석에 흥미를

가지고 있다.

로도비코 세템브리니: 이탈리아인 환자. 합리주의자이며 진보주의자로 자처하는 인문주의자이다. 그는 본질적으로 죽음의 세계에 친근감을 느끼는 카스토르프를 이성과 진보의 믿음이 존재하는 의무와 일의 세계인 평지세계로 되돌려 보내기 위하여 많은 노력을 한다. 그는 형식, 아름다움, 자유, 명쾌함, 향락을 긍정하고 존중하며 사랑하는 것처럼 평지세계에서 통용되는 건강과 육체를 긍정하고 존중하며 사랑한다. '육체는 바로 정신'이라는 일원론자.

레오 나프타: 폴란드인 환자. 예수회 교도이며 허무에 빠진 반자본주의자이다. 육체를 타락하고 부패한 것으로 생각하고 건강을 비인간적인 것으로 보아 오히려 병과 죽음을 찬양한다. 즉 "육체란 자연이며, 그 자연은 정신과 대립된다"라고 말하는 이원론자.

클라브디아 쇼샤: 러시아인 환자. 키르키즈인 눈처럼 회색을 띤 매력적인 푸른 눈과 관능적인 외모의 소유자. 질병과 죽음을 상징하는 인물. 주인공 카스토르프가 병과 죽음의 세계 그리고 관능의 세계인 '마법의 산'에 빠져드는 결정적 원인은 쇼

샤 부인에 대한 관심 때문이다.

페터 페페르코른: 네덜란드 식민지 자바의 커피 재배업자로 동양과 서양을 동시에 대표하는 인물. 1부에서 요양원을 떠났던 쇼샤 부인의 동반자로서 그녀와 동시에 요양원에 나타난다. 건강과 삶을 긍정하는 디오니소스적 인물로 소설 속에서 세템브리니와 나프타를 왜소하게 만들고, 쇼샤 부인의 위험성을 중립화시켜 주며, 주인공 카스토르프를 강하게 만들어 주는 기능을 한다.

4)『마법의 산』의 줄거리

『마법의 산』. 영어로 번역하자면 'The magic mountain'이다. 제목만 듣고서는 21세기에 인기를 끌고 있는 판타지 소설로 생각하기 쉽다. 여기서의 산山은 대체 무슨 산인가? 스위스 고산지대의 작은 마을 다보스에 있는 고급 호텔식 폐결핵 요양원 '베르크호프'를 가리킨다. 이제 막 조선 기사 시험에 합격하여 곧 함부르크의 조선소에 취직할 견실한 시민계급 출신의 23세 청년 한스 카스토르프가 여기에 도착한다. 베르크호프에는 제국 군대 사관생도인 사촌 요아힘 침센이 치료를 받기 위해 5개월째 체류하고 있기 때문이다.

천재도 아니고 바보도 아닌 단순한 주인공 카스토르프는 문병할 목적으로, 또 기분 전환을 위해 3주 예정으로 고향을 떠나 멀리 알프스의 고지대까지 향한 것이다. 국제요양원 베르크호프는 서로 이질적인 특징을 지닌 인간들이 세계 각처에서 모여들어 완전히 별개의 한 세계를 이루는 곳으로, 진지한 삶이 지배하는 평지의 세계와는 아주 대조적인 곳이다. 이들은 언어, 지식, 교양의 정도도 천차만별이어서 주인공 카스토르프에게는 아주 낯선 새로운 세계이다.

『마법의 산』이라는 제목이 암시하는 대로, 요양원으로 향하는 소설의 첫 부분에서부터 카스토르프의 여행은 마력魔力의 지배를 받게 된다. 산을 오르내리고, 배를 타고 호수를 건너기도 하며, 기차를 몇 번 갈아타고 초라한 작은 역에 정차하기도 하면서 그는 점점 더 혼란스러워진다. 결국 요양원에 도착하기 전에 벌써 방향조차 알 수 없게 된다. 힘들게 요양원에 도착한 카스토르프는 사촌 요아힘 침센의 환영을 받지만, 대화하는 도중 '이 위의' 사람들은 '저 아래' 사람들과 시간관념이나 생각이 많이 다르다는 이야기를 자주 듣는다. 사촌이 요양원의 원장을 소개해 주고, 원장은 카스토르프 역시 건강검진을 받는 게 좋겠다며 충고한다. 별 대수로운 생각 없이 검사를 받은 카스토르프는 뜻밖에도 폐결핵 징후가 있어 사촌 요아힘 침셴과 같이 요양 생활을 하게 된다. 그래서 3주 예정이었던 이 여행은 그를 마력의 나라, 요양소에 무려 7년간 머무르게 하는데, 작품 속에서는 러시아 출신의 쇼샤 부인이란 환자에게 마음을 빼앗겨 머무르는 것으로 묘사되고 있다. 그녀는 남편을 고향 다게스탄에 남겨 두고 유럽 각지의 요양원과 온천장을 전전하는데, 천성적으로 방종하고 퇴폐적인 분위기의 여성이지만 이상하게 사람을 끄는 매력을 지니고 있었다. 카스토르프가 요양원에 도착한 지 일주일쯤 되는 어느 날, 크로코프스키 박사의 정신분석 강연에 참석한 그는 강연 내내 쇼샤 부인의 팔을 응시하면서 이런저런 꿈같은 생각에 잠긴다. 심지어 인생이 아름답다는 생각까지도 한다. 그런데 강연이 끝나자 요양원 환자들 모두가 마치 묵계를 맺은 것처럼 강연에 관해서는 한마디도 언급하지 않는다. 카스토르프는 요양원 원장과 박사, 그리고 환자들에게서도 역시 마력의 분위기를 느끼게 된다.

요양원에 있는 환자들 중에는 주인공 한스 카스토르프의 내면 성장을 위해 교육자 역할을 하는 인물들이 있는데, 바로 세템브리니, 나프타, 쇼샤 부인, 페페르코른 등을 들 수 있다. 각 인물의 등장 시점과 역할은 아주 다르다.

세템브리니는 이탈리아인 환자로서 합리주의자이며 진보주의자로 자처하는 인문주의자이다. 그는 '육체는 바로 정신'이라는 일원론자로서, 본질적으로 죽음의 세계에 친근감을 느끼는 카스토르프를 이성과 진보의 믿음이 존재하는 의무와 일의 세계인 평지세계로 되돌려 보내기 위하여 많은 노력을 한다. 그러나 매혹적인 쇼샤 부인에게 빠져 있는 카스토르프는 그의 충고를 받아들이지 않는다. 쇼샤 부인은 키르키즈인 눈처럼 회색을 띤 매력적인 푸른 눈과 관능적인 외모를 소유하고 있으며 질병과 죽음을 상징하는 인물이다. 카스토르프는 산상 요양원에 입원한 지 7개월 후 사육제 날 저녁에 쇼샤 부인에게 사랑을 고백하고, 그날 밤 그녀에게 연필을 돌려주러 가서 (그녀를 어릴 적 친구 히페와 동일시하여) 사랑의 관계를 맺는다. 하지만 그녀는 그 이튿날 요양원을 떠나 버린다. 그 후 카스토르프는 예수회 교도이며 허무에 빠진 반자본주의자인 폴란드인 환자 나프타를 알게 된다. 나프타는 육체를 타락하고 부패한 것으로 생각하며 건강을 비인간적인 것으로 보아 오히려 병과 죽음을 찬양한다. 즉 '육체란 자연이며, 그 자연은 정신과 대립된다'고 하는 이원론자인 것이다. 그래서 그는 진보주의자 세템브리니와 자주 충돌하고 논쟁을 벌인다.

요아힘 침센은 병이 완쾌되지도 않았는데, 요양원 생활에 지친 나머지 하산하여 다시 군대로 돌아간다. 사촌을 떠나보내고 혼자가 된 카스토르프는 요양원 생활의 단조로움에 질리고 무기력을 부끄럽게 생각하여 스키를 배우기로 결심한다. 몇 차례의 연습을 통하여 스키를 탈 수 있게 되자, 하루는 스키를 타고 흰 눈이 덮인 아름다운 계곡을 따라가기로 한다. 그러나 길을 잃고 눈보라에 갇혀 버리게 된다. 생사의 갈림길에서 카스토르프는 꿈을 꾸는데, 그 꿈은 새로운 인간상에 대한 비전을 제시한다. 그는 인간이 착하고 올바르게 살기 위해서는 죽음에 대한 공감에서 벗어나 삶을 사랑해야 한다는 것을 깨닫는다. 이 장면이 바로 소설의 축약판이라고 할 수 있는 「눈」의 장이다. 주인공은 정신을 잃은 채 쓰러져 몽환 상태에서 **'인간은 선善과 사랑을 위해 결코 죽음에다 자기 사고思考의 지배권을 내어 주어서는 안 된다'**는 명제를 터득하게 되는데, 바깥 세계와 차단된 '죽음'

의 공간에서 역설적이게도 '삶'의 중요성을 깨달은 것이다.

그러는 사이에 군대에 복귀하기 위해 요양원을 떠났던 요아힘 침센은 병이 악화되어 다시 요양원으로 돌아온다. 요아힘은 사촌 카스토르프와 함께 제법 먼 거리를 산책하거나 나프타의 집을 방문하기도 하고, 또한 세템브리니와 나프타, 사촌과 함께 넷이서 토론을 벌이는 등 활발하게 지내면서 병이 호전되는 기색을 보였으나 얼마 못 가 죽어 버린다. 그 후 1부에서 역시 요양원을 떠났던 쇼샤 부인이 돌아오는데, 네덜란드 식민지 자바의 커피 재배업자로 동양과 서양을 동시에 대표하는 인물인 페페르코른을 동반한다. 페페르코른은 이 세상에 논리적 혼란을 가져올 인물은 결코 아니었다. 오히려 정반대의 인물이었다. 그런데도 이 인물의 출현으로 주인공은 심각한 혼란을 경험하게 된다. 페페르코른은 건강과 삶을 긍정하는 디오니소스적 인물로서 소설 속에서 세템브리니와 나프타를 왜소하게 만들고, 쇼샤 부인의 위험성을 중립화해 주며, 주인공 카스토르프를 강하게 만들어 주는 기능을 한다. 그러나 그는 카스토르프와 쇼샤 부인의 에로틱한 관계와 자신의 성적 무기력을 괴로워한 나머지 자살한다. 쇼샤 부인은 페페르코른의 비극에 충격을 받고는 그의 살아남은 친구인 한스 카스토르프에게 경건하고 조심스럽게 작별의 인사를 한 뒤, 이 위에 사는 사람들의 곁을 다시 떠나 버린다. 쇼샤 부인이 떠난 후 카스토르프는 이 세상과 인생이 이상하게 느껴졌고 또한 허탈 상태에 빠졌으며, 날이 갈수록 그로테스크하고 비뚤어지고 걱정스러운 상태가 되어 갔다. 그것은 둔감이라는 이름의 악마였다.

이렇게 세월이 흘러가는 동안, 베르크호프 요양원에는 어떤 유령이 배회하기 시작했다. 한스 카스토르프는 이 유령이 예전에 그것의 사악한 이름을 입에 올렸던 적이 있는 악마의 직계直系일 것이라고 막연하게 느끼고 있었다. 그는 교양을 쌓아 가는 젊은이의 한없는 호기심으로 이 악마를 연구했다. 그리고 이 악마에게 주위 사람들이 바치고 있는 터무니없는 봉사에 자신도 모르는 사이에 말려들게 되지나 않을까 우려하게 되었다. 악마에 빠져드는 이러한 정신 상태는 예전의 무감각한 상태와 마찬가지로 여기저기서 암시하듯 만연하기 시작했다. 사실 그러한 흥분 상태에 그가 빠져들 위험성은 별로 없었다. 그럼에도 불구하고 그는 만일 자신을 제대로 다스리지 못하면, 자신도 금방 주위 사람들과 마찬가지로 표정, 말투, 거동, 이러한 것들이 전염될지도 모른다고 생각하고 소스라치게 놀랐던 것이다. 그것은 남과 싸우고 싶어 하는 병적病的 상태였고 일촉즉발의 짜증스런 흥분 상태였으며, 뭐라고 이름 붙일 수 없는 초조 불안한 상태였다. 모두들 걸핏하면 서로에게 독설을 퍼부어 댔고 분노가 폭발했으며, 손찌검을 벌일 것 같은 기세였다. 매일같이 개인끼리나 집단 사이에 격한 언쟁이나 걷잡을 수 없는 욕설이 오갔으며, 거기에 끼어들지 않은 국외자들은 싸움하는 당사자들의 행위를 언짢게 여긴다든지 그들 사이를 중재하지 않고, 오히려 거기에 공감하고 가담하여 똑같이 흥분에 빠져드는 것이었다. 베르크호프 요양원에는 보잘것없는 싸움, 서로 간의 진정서 제출이 끊이지 않아 요양원 당국이 그것의 조정에 계속해서 심혈을 기울였지만, 당국 자신도 저들의 아우성치는 거친 행동에 놀랄 정도로 쉽게 물들어 버리는 것이었다. 그리고 어느 정도 건강한 정신으로 베르크호프를 떠나는 사람도 자신이 어떤 상태가 되어 되돌아오게 될지 예측할 수 없었다. 그 와중에 세템브리니와 나프타가 자유에 대한 논쟁을 벌이고, 모욕을 당한 나프타는 결투를 신청한다. 결투장에서 세템브리니가 하늘을 향해 권총을 쏘자 나프타는 비겁자라고 부르짖고는 오히려 자기 머리를 권총으로 쏘아 버린다.

이와 같이 카스토르프가 오늘이 어제 같고 내일도 오늘과 똑같은 취생몽사 상태에 빠져 7년 세월을 허송하고 있을 때, 갑자기 청천벽력과도 같이 제1차 세계대전이 발발한다. 그제야 카스토르프는 마법의 산에서 현실의 영역으로 내려와 참전한다. 포탄이 난무하는 전장에서 '보리수' 노래를 중얼거리며 진흙탕 속을 행군하여, 혼란과 어스름 속으로 사라져 가는 주인공의 장래 전망은 매우 어두울 수밖에 없다. 이제 고산지대의 요양원뿐만 아니라 평지도 죽음의 영역이 되어 카스토르프는 무대 뒤로 사라지게 되는 것이다. 주인공이 사라지는 마지막 장면은 이렇게 묘사되어 있다.

"잘 가게나, 한스 카스토르프, 인생의 진실한 걱정거리 녀석! 자네의 이야기는 끝났네. 우리는 자네 이야기를 끝마친 걸세. 짧지도 않고 길지도 않은 연금술적인 이야기였지. 우리는 이야기 그 자체가 목적이었기에 자네 이야기를 한 것이지, 자네를 위해 그 이야기를 한 것은 아니었네. 자넨 단순한 청년이었기 때문일세. 그러나 생각해 보면, 결국 이건 자네의 이야기였어. 잘 가게나 ─ 자네가 살아 있든지, 이야기의 주인공으로서 그대로 머물러 있든지 간에 말일세! 자네의 전망이 밝지만은 않을 것이네. 자네가 말려 들어간 사악한 무도회에서 아직도 여러 해에 걸쳐 죄 많은 춤을 계속 출 것이기 때문이네. 자네가 거기에서 무사히 빠져나오리라고는 크게 기대하지 않겠네. 하지만 이 세계를 뒤덮는 죽음의 축제에서도, 사방에서 비 내리는 저녁 하늘을 불태우고 있는 저 끔찍한 열병과도 같은 불길 속에서도, 언젠가는 사랑이 솟아오르겠지?"

2. 『마법의 산』의 특징 ─ 아이러니

토마스 만의 소설 『마법의 산』에 대한 광범위한 연구들의 대체적 경향은 다음 네 가지 분류가 거의 정설이 되어 있다.

첫째, 시대소설로 보는 입장이다. 이러한 입장은 데카당스적인 전전戰前의 사회 묘사와 그 전쟁을 야기한 원인 분석에 주안점을 둔다. 이러한 연구 경향에서는 인물들의 풍자적인 묘사와 몰락의 작품 구조를 잘 파악할 수 있으며 또 주인공 한스 카스토르프보다는 인문주의자 세템브리니를 중심점에 놓고 그를 통해 계몽주의적 전망을 평가하고 있다. 소설은 원칙적으로 리얼리즘에 충실하며, 전쟁 발발을 나타내는 마지막 부분 「청천벽력」의 장면이 가장 중시된다. 그러나 이러한 연구 방법은 알레고리적 성격을 띠는 라이트모티프 기법을 파악하는 데에 어려움이 있다. 왜냐하면 토마스 만의 라이트모티프 기법은 현실을 모방하는 것이 아니라 기교적이고 철학적인 구성물로 구축되어 있기 때문이다.

둘째, 형식 분석적 입장이다. 이러한 입장은 1950-1960년대에 유행했던 탈정치적 해석의 방법이며 장르, 서술태도, 라이트모티프, 인용 등과 같은 기술상의 문제에 관심을 갖는다. 가장 광범위하게 수용된 이러한 입장은 『마법의 산』을 교양소설로 규정짓고 아울러 작품의 상승 구조를 강조하며 2부 전반부에 위치하는 「눈」의 장면을 중요시한다. 즉 토마스 만의 낙천적인 자기 해석을 근거로 주인공 한스 카스토르프가 눈 속에서 꾸는 꿈을 이 소설의 결론으로 간주하는 것이다. 이러한 연구 방법은 「눈」 장면에서의 꿈이 곧 잊히고 「둔감」과 「병적 흥분」을 거쳐 종국에는 전쟁으로 치닫는 몰락의 작품 구조를 깔끔하게 해석하지 못하는 단점을 지니고 있다.

셋째, 신화와 문학적 모범들을 정교하게 가공한 유희물로 보는 입장이다. 이러한 입장은 예술을 위한 예술을 부각시키며, 작품에서 생生에 대한 해답이나 결과를 찾는 것이 아니라 인용을 찾는다. 이러한 연구 방법은 『마법의 산』의 철학적인 토대를 소홀히 하고 모든 것을 평면적이고 실증적인 자료에만 의존하는 단점을 지닌다.

넷째, 쇼펜하우어적인 철학소설로 보는 입장이다. 이러한 입장은 시대소설, 교양소설 입장에 대립하고 있으며 몰락의 작품 구조를 강조한다. 그러므로 주인공이 결국 시민사회에 편입되는 것이 아니라 오히려 세상의 많은 요구로부터 자유로워진다고 본다. 그래서 이 소설을 '탈교양소설'로 보기도 한다.

이상과 같은 연구 동향에서 볼 때, 이미 많은 토마스 만 연구자들에 의해 자리매김된 교양소설로서의 『마법의 산』이 큰 주류를 형성하고 있으나 거기에 따른 다양한 입장들 또한 공존하고 있다. 그리고 『마법의 산』을 '시간소설'로 분석하기도 한다. 순수한 시간 자체를 대상으로 삼아 그것을 '한 단순한 청년'이 베르크호프 요양원이라는 마적 폐쇄 공간에서 체험하게 되는 것이 쇼펜하우어적 '정지된 현재Nunc Stans', 즉 죽음의 체험이라는 시각에서 다루어지고 있기 때문이다. 또 주인공의 연금술적 마법을 무시간적으로 묘사하고, 시간의 지양을 꾀하여 주인공이 시간은 단순히 반복되는 것이 아니라 영원히 순환한다는 것을 체험하도록 하고 있기 때문이다. 한편 병과 죽음이 지식, 삶을 얻기 위해 필수적이라는 입장에서 『마법의 산』을 '성년입문소설'로 규정하기도 한다.

이와 같이 『마법의 산』은 그 해석의 관점에 따라 교양소설, 시대소설, 시간소설, 성년입문소설 등으로 분류되는데,『마법의 산』이 지니는 이 여러 가지 양상들이 바로 토마스 만의 아이러니이다. '전형적으로 독일적인' 교양소설의 전통하에서 전 세계를 포괄하려고 하니 작품이 길어지고 여러 방면을 고찰하게 되며, 또 무엇인가를 직접적으로 말하면 진부한 것이 되어 버리므로 철학적 깊이도 더해야 한다. 이런 모든 필연성 때문에 자연스럽게 토마스 만의 아이러니가 생겨나는 것이다.

1) 교양소설의 전통과 『마법의 산』

1916년 「자서전적 소설」이라는 짧은 에세이에서 토마스 만이 교양소설을 "독일적인, 전형적으로 독일적인" 것이라고 규정하고 있듯이, 교양소설은 독일의 대표적 소설 장르로서 독일 시민계급의 역사와 밀접한 관련을 맺고 있다. 19세기 독일 시민계급은 경제적 성장으로 시민적 자기인식은 성숙했으나 나폴레옹 전쟁 이후 도래한 반동적 복고주의로 억압된 정치적 현실 속에서 정치적 무력감을 느끼고 있었다. 이러한 독일 시민계급의 모순적 상황에서 소위 독일 개인주의가 형성되었으며, 이와 함께 그것의 변형인 내면화 경향이 심화되었다. 토마스 만이 말한 교양소설도 이와 같은 맥락에서 이해될 수 있다.

토마스 만 자신은 『마법의 산』이 교양소설임을 여러 곳에서 밝힌 바 있는데, 특히 1922년 하우프트만 탄생 60주년 기념 연설문에서는 죽음을 통하여 삶으로 접근하는 인도주의의 길을 예고하며 다음과 같이 말하고 있다.

"죽음과 질병, 병적인 것과 몰락에 관한 관심은 곧 삶에 대한 관심, 즉 인간에 대한 관심의 표현입니다. 유기적인 것, 즉 삶에 관심을 가지고 있는 사람은 특히 죽음에 관심을 갖는 것입니다. 그래서 죽음의 체험이 결국은 삶의 체험이 되고 인간에의 길이 된다는 것을 보여 주는 것은 한 교양소설의 대상이 될 수 있을 것입니다."

이는 『마법의 산』이 죽음을 통하여 인도주의로 상승되는 교양소설임을 암시하고 있다. 다만 전통적인 교양소설과 다른 점은, 전통적 교양소설에서는 주인공이 이상을 향해 단계적으로 발전하는 데 비해 여기에서는 연금술적 승화 작용을 통해 죽음에서 삶으로의 극복이 이루어진다는 점이다. 그래서 주인공 한스 카스토르프가 종국적으로 이끌어 낸 휴머니즘적 비전도 곧 전쟁이라는 현실을 마주하는데, 이것은 주인공의 내적 자아와 사회적 현실 사이에 존재하는 간극間隙의 심화라고 할 수 있다. 헬러의 다음과 같은 지적은 『마법의 산』이 교양소설과 아이러니적 관계를 지니고 있음을 명확하게 보여 주고 있다.

"교양소설로서의 『마법의 산』은 교양소설 장르의 법칙에 대해 아이러니적인 관계를 지닌다. 전통적인 교양소설의 주인공 빌헬름 마이스터가 창조적인 천재에서 출발하여 사회에 필요한 일원이 되는 반면, 한스 카스토르프는 사회의 충실한 인물로서 출발하여 독창적 천재로 나아가는 전前 단계에서 끝나고 있다."

즉 『마법의 산』의 결말이 현실 차원인 전쟁에서 끝나는 것은 이상주의적인 세계관을 전제로 하는 고전적 교양소설에 대한 아이러니적 비판이라고 할 수 있다. 다시 말해 주인공 한스 카스토르프가 찾는 '성배聖杯, Gral'란 중도의 이념이며, 죽음을 체험한 후에 찾게 되는 새로운 삶이자 장차 도래할 인류애의 개념이다. 그리고 눈 덮인 산상에서 방황하던 카스토르프는 인간에 대한 꿈을 꾸고 인류애라는 이념을 발견하지만, 산에서 내려와서는 곧 잊어버린다. 이것은 토마스 만 아이러니의 중요한 예가 되지만, 여기에 대해서는 '성년입문소설로서의 『마법의 산』'에서 자세히 다루기로 하겠다.

독일 계몽주의와 고전주의 시대를 거쳐 오면서 형성된 교양소설 이념은 한마디로, 현실의 궁핍과 모순을 어떤 미적 총체성 속에서 극복하고자 했던 독일 시민계급 정치의식의 반영이다. 그것의 발생은 외형적인 구조가 문제 되는 것이 아니라 사회와의 관계가 중요한 계기를 갖는다. 즉 교양소설은 개인상에서 커다란 세계상으로의 관심을 다시 찾는다. 교양소설은 자기자신과 세계를 명확하게 알고자 하는, 그리고 현실과 대면하는 첫 경험을 축적하려는 젊은이를 다룬다. 한 인물이 겪는 상이한 현실 영역과의 대결을 주제로 삼으며 주체와 세계, 이상과 현실 사이의 긴장을 강조한다. 그런 점에서 교양소설은 자서전적 소설 및 시대소설, 사회소설과 서로 경계가 닿아 있음을 보여 준다.

교양소설의 개념, 발전 등을 살펴보면 『마법의 산』을 전통적인 교양소설이라고 하기는 어렵다. 왜냐하면 본래 교양소설에서는 조화로운 이상을 향하여 주인공의 내적 성장을 유도하고, 또 그 발전 단계가 뚜렷하게 설정되어 있어야 하지만, 『마법의 산』에서는 그러한 모습을 찾아볼 수 없기 때문이다.

2) 시대소설로서의 『마법의 산』

「마법의 산으로의 안내」라는 글에서 토마스 만은 『마법의 산』이 나오게 된 배경과 그 주제를 해명하면서 이 소설을 "차이트로만Zeitroman"이라고 일컫고 있다.

"이 소설은 이중적인 의미에서 차이트로만입니다. 즉 하나는 그것이 한 시대, 즉 유럽의 전쟁 전 시대의 내면상을 서술하려고 시도했다는 점에서 역사적이고, 또 하나는 순수한 시간 자체를 대상으로 삼아 그것을 주인공의 체험으로서만이 아니라, 소설 자체

속에서, 또 소설 자체를 통해 취급하고 있기 때문입니다. 이 책은 서술되는 대상 그 자체인데, 왜냐하면 이 책은 주인공의 연금술적 마법을 무시간적으로 묘사하고 예술적 방법을 통하여 시간의 지양을 꾀하는바, 시간의 지양이란 그 소설이 포함하고 있는 음악적이고 이념적인 전체 세계에 매 순간마다 완전한 현존성을 부여하고 마술적으로 '정지된 현재'를 창출하려고 시도하기 때문입니다."

『마법의 산』을 시대소설의 관점에서 분석하는 루카치는 『소설의 이론』에서 다음과 같이 말하고 있다.

"소설이란 삶의 포괄적인 총체성이 더 이상 인지될 수 없는 시대의 서사시이며, 또한 의미 있는 삶의 내재성(삶에 의미가 내재함 — 인용자)이 문제 되고 있음에도 불구하고 총체성을 지향하는 성향을 지닌 시대의 서사시이다."

일반적으로 시대소설이란 시대의 모사를 시도하기 때문에 어느 정도는 리얼리즘적 속성이 드러나는 소설로 간주된다. 독일 의학 주간지 발행인에게 보내는 「의학의 정신에 관하여」라는 공개적인 편지에서 토마스 만이 '고지의 호화로운 요양원에는 제1차 세계대전 전 유럽의 자본주의적 사회가 반영되어 있으며, 『마법의 산』은 전전戰前 사회를 비판하는 전경前景을 지니고 있는 소설'이라고 밝혔듯이 그렇게 이해할 만한 근거들이 충분히 존재한다. 소설에서 카스토르프가 7년 동안 요양원에 머무르게 되는 것도 병원의 수입을 올리기 위한 의사들의 술책으로 볼 수 있다. (의사들이 의학의 정신을 실천하지 않고 있다는 내용 때문에 『마법의 산』 출간 이후 토마스 만은 의사들의 거센 항의를 받는다.) 또 가난한 나프타가 요양원이 아닌 근처에 있는 재단사 루카세크의 집에서 기거하는 것이며, 돈이 떨어진 세템브리니가 더 이상 요양원에 머물지 못하고 밖에서 생활하는 것, 간호사가 온도계를 강매하는 모습도 등장한다. 그리고 '산상세계가 아닌 저 평지세계에서는 돈이 없으면 여자들이 결혼을 하지 못한다'는 자본주의적 속성에 대한 비판도 나온다.

또한 소설은 1907년에서 1914년까지의 기간을 배경으로 하지만, 작품의 문제성에서는 이미 그 이후의 시대정신까지도 포괄하고 있다. 호화로운 요양원에서의 대화와 그 밖의 모든 성찰들은 전후 유럽의 문제들을 중심으로 선회한다. 일견하여 작품은 전통소설, 나아가 꼼꼼한 리얼리즘 소설의 인상을 풍긴다. 그러나 토마스 만은 「마법의 산으로의 안내」에서 "주인공의 이야기는 틀림없이 리얼리즘 소설의 수법으로 전개되지만, 그것은 리얼리즘 소설이 아닙니다. 그것은 정신적이고 이념적인 것을 위해 리얼리즘적인 것을 상징적으로 고양시키고 투명하게 하는 가운데 지속적으로 리얼리즘적인 것을 뛰어넘습니다. 이미 이야기의 인물 처리에서 그런 면이 부각되는바, 인물 모두가 독자의 감정에서 볼 때 그들 자체가 보여 주는 모습 이상으로 특징적입니다"라고 이야기하며, 나아가 등장인물들도 정신적인 범주와 원칙 그리고 세계의 대표자들이며 사도들이라고 말하고 있다.

그리고 『마법의 산』에서는, 주인공 한스 카스토르프를 소개하는 구절에서 희망도 미래도 없는 암울한 시대정신에 대하여 다음과 같이 언급하고 있다.

"인간 주위의 비개인적인 것, 즉 시대 그 자체가 외견상 매우 활기를 띠고 있다 하더라도 거기에 희망이나 전망이 결여되어 있다면, 또 시대가 우리에게 희망도 없고 전망도 없으며 어찌할 바 모르는 것으로 남몰래 인식시켜 주고, 의식적이든 무의식적이든 간에 시대에 대한 어떤 형태의 질문 — 즉 우리의 모든 노력과 활동이 갖는, 개인적인 의미 이상의 궁극적이고도 절대적인 의미에 대한 질문에 시대가 공허한 침묵을 계속 지키고 있다면, 그러한 사태로 인한 모종의 마비 작용은 보다 솔직한 인간성을 지닌 사람의 경우에는 거의 피할 수 없을 것이다. 그리고 이러한 마비 작용은 개인의 정신적이고 윤리적인 부분으로부터 곧장 육체적이고 유기체적인 부분으로 파급될지도 모른다."

즉 시대가 그 근저에서는 희망과 미래를 잃었고, 또한 우리들의 모든 노력에 오직 침묵을 지킬 뿐 어떤 만족스런 대답을 주지 않았기 때문에, 의지 상실의 상황이 정신적인 것을 초월하여 육체에까지 영향을 끼치게 되었다는 것이다.

시민적 계급과 시민적 세계를 넘어서는, 그 시대에 대해 구체적으로 파악할 수 있는 전망이 존재하지 않는다는 전제하에서 그는 다만 가상의 해결책을 전망으로서 제시할 수 있을 따름이다. 그러나 그가 가상의 해결책을 포기했기 때문에 작품 자체는 리얼리즘을 견지할 수 있는 것이다. 여기서 우리는 토마스 만을 리얼리스트로 간주할 수 있다. 그것은 토마스 만이 사회적 사실을 형상화하고 경제적·정치적 갈등을 꿰뚫어 보지만 가상의 해결책을 제시하고 있지는 않기 때문이다.

토마스 만은 1925년 어느 인터뷰에서 "세템브리니와 나프타가 카스토르프의 정신을 얻으려는 노력은 동방과 서방이 독일의 정신을 얻으려는 정치적 노력과 일치하며, 페페르코른의 비극은 그가 실패한다는 데에 있다. 아울러 그는 또한 상징적 의미를 가지고 있다. 그는 독일적인 힘의 낭비를 체현한다. 30년 전쟁이나 제1차 세계대전을 생각해 보라"라고 말하고 있다. 루카치도 "이러한 사상적 투쟁이 토마스 만의 소설 『마법의 산』의 축을 이루고 있다"라고 이야기한다. 즉 각 인물들에 반영된 세계상이 주인공 한스 카스토르프를 둘러싼 유럽문화의 전통으로 형상화되어 나타나고 있는 것이다. 각 인물들에 대한 상세한 논의는 다음 절에서 살펴보기로 한다.

3) 시간소설로서의 『마법의 산』

코프만은 "『마법의 산』에서는 시간이 말하자면 이중시각하에서 고찰되고 있다"라고 하면서, "『마법의 산』은 이중적인 의미에서 '차이트로만'이기는 하지만, 서술자가 시간을 서술하고자 한다면, 서술자가 시간을 직접적인 방식으로 주제화하지 않을 때 그때여야만 가능하다"라고 덧붙인다. 그러면서 시간소설로서의 분석을 명쾌하게 시도하고 있다.

토마스 만은 제7권 첫 부분 「해변산책Strandspaziergang」에서 스스로에게 주의를 환기시키며 다음과 같이 서술한다.

"우리는 시간을 이야기할 수 있을까, 순전히 시간 그 자체를? 정
말이지, 아니다, 그것은 바보 같은 시도일 뿐이다. '시간이 지나
갔다, 시간이 경과했다, 시간이 흘러갔다' 이런 식으로 계속 진행
되는 이야기를, 건전한 상식이 있는 사람이라면 결코 이야기라고
부를 수 없을 것이다. 그것은 똑같은 음이나 화음을 한 시간 동안
미친 듯이 계속 울려 대고서, 그것을 음악이라고 말하는 것이나
마찬가지일 것이다."

그래서 시간은 직접적이 아니라 간접적으로 이야기되는 것이다. 몇몇 간헐적인 언급들과 '머리말' 부분을 제외한다면, 시

간이 주제화되어 있는 곳은 다음의 4곳이다. 즉 「시간의 의미에 관한 여론餘論」과 소설 마지막 세 개 장의 앞부분들인 「영원의 수프와 갑작스러운 광명」, 「변화」, 「해변산책」이다. 소설 구조로 볼 때 마지막 세 개의 장은 『마법의 산』에서 매우 중요한 위치에 놓여 있다. 각각의 장은 뒤이어 나오는 이야기의 개별적인 면을 선취하는 것이 아니라, 뒤이어 나오는 이야기와 관련되고 또 뒤이어 나오는 이야기를 비판적으로 논평하는 것이다. 그러므로 의심할 여지 없이 시간이라는 주제도 『마법의 산』의 핵심을 이루고 있다.

또한 마지막 권 마지막 장인, 제7권 「청천벽력」의 장은 "한스 카스토르프는 여기 산상에서 그들 곁에 7년간 머물렀다"로 시작된다. 그리고 이 소설의 '머리말'에 소설을 시작하는 시점을 암시하고 있으며, 로만 카르스트도 "소설의 줄거리는 ―이 용어를 계속 사용한다면― 1907년에서 1914년까지의 기간을 배경으로 하고 있다"라고 언명한 바 있다. "설마 7년은 걸리지 않을 테지!"라고 하며 집필기간도 암시하고 있는데, 이것은 토마스 만이 실제로 『마법의 산』을 집필한 기간과도 똑같이 맞아 떨어진다.[1] 이것은 작품 내의 시간과 집필시간이 거의 일치하고 있다는 사실을 보여 준다.

이와 같이 『마법의 산』의 주인공 한스 카스토르프가 겪는 시간개념의 신비로움은 시간의 초월을 의미하며, 시간의 초월은 바로 시간의 확대가 된다. 그리고 시간의 무한한 확대는 공간의 무한한 확대를 가능하게 해 준다. 토마스 만은 당시의 사회적인 문제, 인간적인 문제들을 더욱 뚜렷하고 생생하게 묘사하기 위해서 넓은 세계의 여러 문제들을 현실 사회와 격리된 베르크호프 요양원이라는 좁은 세계로 끌어들인 것이라고 볼 수 있다.

4) 성년입문소설로서의 『마법의 산』

코프만은 『마법의 산』을 주인공 한스 카스토르프가 경험하는 성년식의 세 가지 단계로 파악하여 '성년입문소설Initiationsroman'[2]

---

1 11년간에 걸친 『마법의 산』의 집필기간은 1913년 7월-1915년 8월과 1919년 4월-1924년 9월 두 부분으로 나누어진다. 그래서 실제 집필기간은 7년이 조금 넘는다.

2 M. 마르쿠스(Mordecai Marcus)는, 자아와 세계에 대해 무지한 미성숙기의 주인공이 일련의 경험과 시련을 통해 성숙한 인간으로 변화하는 모습을 그린 소설이라고 정의한다. Initiation이라는 말은 원래 인류학적인 용어로서 '통과의례(通過儀禮, The rites of passage)'의 문턱에 들어선다는 뜻이다. 또한 프랑스의 인류학자 반 주네프는 일생을 살아가며 새로운 상태 · 장소 · 지위 · 신분 · 연령 등을 거치면서 치르는 갖

로서의 규정을 시도하고 있다. 토마스 만 자신은 병과 죽음이 지식, 건강, 삶을 얻기 위해서 필수적이라는 입장이 『마법의 산』을 성년입문소설로 만드는 것이라고 설명한 바 있다. 즉 병과 죽음은 인간의 내면적 성장과 상승을 이끌어 내며, 특히 병은 최고의 건강과 새로운 삶을 얻게 하는 교육적 수단이라고 생각하는 것이다.

이것은 『마법의 산』에서 한스 카스토르프가 쇼샤 부인에게 "삶에 이르는 길은 두 가지가 있는데, 하나는 직선적이고 당당한 보통의 길이고, 다른 하나는 뒷길, 죽음을 뚫고 가는 길로서 이것이 천재적인 길인 것입니다!"라고 말한 두 가지 길 중에서 후자에 속하는 것이다. 통과의례의 문턱에 들어서는 성년입문에서는 이전의 삶에서 벗어나 새로운 삶으로 들어가기 위한 '의례적 죽음', 즉 시련이 따른다. 코프만에 의하면 성년입문과 전

가지 의식을 통과의례라 했다. 이전의 삶에서 벗어나 새로운 삶으로 들어가기 위한 통과의례에는 '의례적 죽음', 즉 시련이 따른다. 주네프에 따르면 통과의례를 분리·전이·통합의 세 단계로 구분한다. 첫째 단계인 분리는 통과자를 이전의 사회로부터 격리시킨다. 둘째 전이에서는 과거와 미래 사이의 정지된 상태, 즉 가상적 죽음으로 들어간다. 마지막 통합에서 통과자는 새로운 사회적 지위를 부여받는다. 이런 통과의례를 통해 사회는 조화·균형·질서를 유지하게 된다는 것이다.

환점은 동일한 것이며, 그 전환점은 외부적인 사건이 아니라 의식의 일이다. 그래서 성년입문소설은 새로운 시대(시간)의 시작을 뜻하는 변화 의식의 자각을 그 목표로 삼는다.

성년입문의 제1단계에서는 이제까지의 가치 있는 일이 부정되는데,『마법의 산』에서는 "여기에 오면 사람들은 생각이 달라진다네"라는 말로 집약된다. 요아힘이 카스토르프에게 이야기하듯 베르크호프 요양원에서는 시간의 개념이 상이하여, 3주가 마치 하루와 같을 정도로 시간이 매우 빨리 흘러간다.

'방향 전환, 죽음과의 대결 그리고 교육 과정의 무의미함'이라는 성년입문의 제2단계에서는 죽어 가는 환자들을 목격하고, 자신도 진찰을 받으면서 인간이란 언젠가는 죽음의 길로 간다는 사실을 실감한다. 제6권「눈」의 장에서 스키를 타다가 방향을 잃어 헤매게 되는데, 이 헤맴 속에서 카스토르프의 내면세계는 "성년입문의식Initiationsritus"을 계속해서 진행한다. 그리고 이윽고 '죽음과 병에 대한 일체의 관심'이 곧 '삶에 대한 관심의 표현'이라고 인식하게 된다. 이 인식이 내면세계의 '성년식의 최종 단계', 즉 "삶에로의 길인 죽음의 체험"인 성년입문의 제3단계이다.

헬러는 이와 같은 성년입문의 세 단계가 토마스 만의 아이러니와 그대로 일치하고 있음을 다음의 말로 입증한다.

"그래서 아이러니란 일정한 성장 단계에 도달하는 인간 정신을 자연스럽게 파악하게 되는 것이다. 즉 세계를 바라보는 관점과 입장에 따라 세계는 상이한 면모를 갖는다는 통찰에 눈뜨게 되는 그러한 단계에 도달하는 것이다."

토마스 만은 「마법의 산으로의 안내」에서 가웨인Gawain, 갤러해드Galahad, 페르스발Perceval[3] 등의 성배문학聖盃文學 주인공들을 다음과 같이 말하고 있다.

"천국과 지옥을 두루 돌아다니고 천국과 지옥을 상대로 겨루며, 그리고 비밀, 병, 악, 죽음의 세계뿐만 아니라, '마법의 산'에서 '매우 의심스러운' 것으로 지칭되는 다른 세계, 심령학의 세계와도 계약을 맺는 탐구하는 자, 구도자, 그리고 묻는 자는 '성배'를 찾기 위

---

3 '페르스발'은 아라비아 말로 '순수한 바보'라는 뜻이다. 기독교적 이상의 화신이다.

46

한 도정에 있습니다. 다시 말해 최상의 것, 지식, 깨달음, 가르침, 또 현자의 돌, 삶에의 도취를 추구하는 도정에 있는 것입니다."

『마법의 산』에서의 한스 카스토르프 역시, 찾아 헤매고 물으며 천국과 지옥을 두루 돌아다니는 '탐구하는 주인공'으로 등장하고 있다. 그렇지만 페르스발 등의 성배문학 주인공들이 이미 정해진 자신들의 '성배'를 찾아 떠나는 것과 달리, 한스 카스토르프는 죽음의 체험, 즉 '의식의 일'을 통해 삶으로의 길을 찾음으로써 새로운 시대적 이념인 중용을 받아들이게 되는 것이다.

다시 말해 주인공 한스 카스토르프가 찾는 '성배'란 '인간의 이념이자, 병과 죽음에 대한 가장 심오한 인식으로 찾게 되는 장차 도래할 인류애의 개념'이며, 산상세계에서 방황하던 카스토르프가 인간에 대한 꿈을 꾸는 「눈」의 장에서 그것을 발견하게 된다. 그러나 토마스 만은 「마법의 산으로의 안내」 마지막 구절[4]에서 카스토르프가 찾는 성배 또한 비밀이라고 이야기하

---

4 "그 성배는 비밀이지만, 또한 휴머니즘도 그러하다. 왜냐하면 인간 자체가 비밀이고, 모든 휴머니즘도 인간의 비밀에 대한 경외심에 기인하기 때문이다."

는 아이러니적 언급을 잊지 않는다. 다름 아닌 인간 자체가 비밀이기 때문이다.

그리고 토마스 만은 같은 곳에서, 쇼펜하우어가 『의지와 표상으로서의 세계』 서문에서 그러했듯이 독자에게 『마법의 산』을 또 한 번 읽기를 요구하는데, 그것도 두 번씩이나 권유하고 있다. 첫 번째 권유는 『마법의 산』의 특수하게 만들어진 모습과 구성적 성격은 독자가 두 번 읽으면 그 즐거움이 고조되고 심화하기 때문이며, 두 번째 권유는 다음과 같은 이유 때문이다.

"한스 카스토르프는 '성배를 찾아가는 자'로서 존재하지만, 여러분들은 그의 이야기를 읽었을 때 그 생각을 미처 하지 못했을 것입니다. 그리고 내 자신이 그것을 생각했다고 해도 그것은 어느 정도까지는 '생각'일 뿐이었습니다. 이 책을 이러한 관점하에 반드시 한 번 더 읽어 보십시오. 그러면 여러분들은 성배가 무엇인지, 그리고 주인공과 이 책 자체가 찾고 있는 지식, 가르침, 저 최상의 것이 무엇인지 알게 될 것입니다."

주인공 카스토르프는 여러 교육자들로부터 교양을 쌓아 가지만 끝내 죽음을 통해 삶에 대한 비전을 제시해 줌으로써 중용의 정신, 즉 새로운 인도주의적 이념을 탄생케 한다. 이런 면에서 『마법의 산』은 죽음이라는 신비적 세계에서 삶으로 부활하며 그것을 가능하게 하는 상승적 '성년입문소설'이 된다는 것이 코프만의 견해이다.

3. 『마법의 산』 주인공의 교양화 과정

『마법의 산』의 무대인 베르크호프 요양원에는 세계 여러 나라에서 온 다양한 환자들이 머물고 있다. 그중에서 주인공 한스 카스토르프의 내면 성장을 위한 교육자 역할을 하는 인물들로는 세템브리니, 나프타, 쇼샤 부인, 페페르코른 등을 들 수 있으며, 그 개요는 앞서 '『마법의 산』의 구성과 등장인물'에서 살펴보았다.

토마스 만이 한 인물을 묘사할 때에는 대개 대립되는 또 다른 인물을 등장시키기 때문에 여기서도 세템브리니와 나프타, 쇼샤 부인과 페페르코른, 세템브리니와 쇼샤 부인 등의 순서로 카스토르프의 교양화 과정을 살펴보려 한다. 또한 코프만이

"아이러니적 서술기법은 무엇보다도 『마법의 산』에서 하나의 전형을 보여 주고 있다"라고 말했듯이 교양화 과정에 드러나는 아이러니적 양상도 아울러 고찰해 보기로 하겠다.

1) 세템브리니와 나프타

토마스 만은 등장인물의 비밀을 바로 말하지 않고 외모를 자세히 묘사해서 독자들이 스스로 알 수 있도록 하기 때문에, 여기서도 세템브리니와 나프타의 인물묘사를 먼저 소개한다. 그리고 삶과 죽음, 건강과 병, 정신과 자연 등에 대한 그들의 대립적인 견해가 주인공 한스 카스토르프에게 어떤 식의 교육적인 작용을 하며, 또한 거기에는 아이러니의 성격이 어떻게 내재되어 있는지를 살펴보기로 하자. 제3권 「악마Satana」의 장에 등장하는 세템브리니에 관한 묘사는 다음과 같이 모순적인 양상을 보이고 있다.

"그의 나이는 짐작하기가 쉽지 않았지만 30세와 40세 사이가 틀림없었다. 전체적으로 보면 젊다는 인상을 주지만, 그의 머리칼은 관자놀이 부근이 이미 희끗희끗했고 그 위쪽은 머리숱이 눈에 띄게 적었다. 그는 연노랑의 헐렁한 체크무늬 바지에, 단추가 두 줄로 달리고 깃이 아주 큰, 성긴 나사羅紗로 만든 매우 긴 상의를 입고 있었다. 그의 이런 복장은 우아함과는 거리가 한참 멀었다. 그럼에도 불구하고 그는 눈앞의 인물이 신사란 것을 잘 알 수 있었다. 그 외국인의 교양 있는 얼굴 표정과 자유롭고 멋진 태도로 보아 그것을 조금도 의심하지 않았다. 하지만 초라함과 우아함의 이러한 혼합, 거기에다가 검은 눈과 부드럽게 말아 올린 콧수염은 외국의 어떤 유랑 악사를 즉각 생각나게 해 주었다. 성탄절 무렵에 고향의 뜰에서 연주를 하고는, 비단처럼 부드러운 눈을 치켜뜨고 창밖으로 던져 주는 10페니히 동전을 받기 위해 챙이 넓은 모자를 내미는 그 유랑 악사 말이다."

토마스 만은, 호감을 주면서도 약간은 비웃는 듯한 아이러니적인 묘사로 세템브리니를 한스 카스토르프의 삶 속에 등장시키고 있다. 이탈리아인 세템브리니의 웅변은 전혀 사투리가 없는 멋진 순수성과 정확성 때문에 듣는 이에게 일종의 독특한 쾌감을 주었다. 그의 발음에는 외국인다운 악센트가 전혀 없었다. 오히려 발음이 너무 정확하기 때문에 독일 사람이 아니라는 것을 알게 될 정도였다. 그 자신도 자기가 사용하는 세련되며 싱싱하고도 신랄한 어법과 어형, 문법상의 변화와 활용까지도 즐기는 듯했는데, 이러한 태도는 "조형적"이라고 할 수 있다. 또한 그는 형식, 아름다움, 자유, 명쾌함, 향락을 긍정하고 존중하며 사랑하는 것만큼 평지세계에서 통용되는 건강과 육체를 긍정하고 존중하며 사랑한다. 그런데 건강을 주장하는 세템브리니가 요양원의 환자라는 것 또한 아이러니이다.

반면에 나프타는 처음부터 낯설고 위협적인 인물로 등장하는데, 세템브리니와 비교해 보면 친밀감과는 아주 거리가 먼 인물로 묘사되고 있다.

"그는 키가 작고 여윈 사나이였다. 말끔히 면도를 하긴 했으나 인상이 매우 날카로워 보였는데, 말하자면 얼굴이 너무 보기 흉하게 생겨 사촌들이 흠칫 놀랄 정도였다. 그의 이목구비는 전체적으로 날카로운 인상을 주었다. 얼굴 전체를 압도하는 우뚝 솟은 매부리코, 굳게 다문 조그만 입, 엷은 회색 눈, 가느다란 테에 굉장히 두꺼운 안경알에다, 그리고 침묵하고 있지만 일단 입을 열면 날카롭고 논리정연한 말이 튀어나올 것 같았다."

나프타의 외모는 토마스 만이 「또 한 사람」이라는 장을 쓰기 직전인 1922년 1월에 개인적으로 알게 된 루카치를 닮아 있다. 토마스 만은 루카치를 오스트리아 빈에서 단 한 번 만났는데, 그의 **육체적·정신적으로 금욕적인 천성**, 그의 이론들이 지닌 **거의 불가사의할 정도의 추상성**에 깊은 인상을 받았다. 소설 속에서는 나프타가 '숙녀복 재단사인 루카세크의 방을 빌려 쓰고 있는 한 사람'으로 묘사되는데, 나프타가 셋방을 얻어 사는 집주인의 이름이 루카세크인 것만 보더라도 나프타의 원형은 루카치임을 짐작할 수 있다.

세템브리니와 나프타는 경쟁적으로 카스토르프를 교육시키고 있는데, 그것은 "육체란 자연이며" 그 '자연'[5]은 정신과 대립된다는 나프타의 이원론과, 자연이나 육체는 바로 정신이라는 세템브리니의 일원론의 대립으로 표현된다. 즉 나프타는 육체

---

5 토마스 만은 자연이란 단어를 여러 가지 의미에서 사용하고 있다. 정신과 관련해서 사용될 때는 일면 인간 속에 내재하는 우주적인 생명력, 즉 '육체', '육체적인 것', '육적인 것', '관능적인 것', '동물적인 것' 등의 의미이다. 이같이 많은 표현들이 내포한 공통적인 특징은 정신성의 결여이다. 그러나 그의 후기 작품에서는 삶의 원천이라는 의미에서 '신(神)들', '무한한 존재들', '무의식적인 것', '강한 것', '모체적(母體的)인 것', '어둡고 창조적인 것' 등의 의미로 사용된다.

를 타락하고 부패한 것으로 생각하며 건강을 비인간적인 것으로 보아 오히려 병과 죽음을 찬양하는 데 반해 세템브리니는 건강, 삶, 육체를 찬양하는 것이다.

나프타와 세템브리니는 각각 "한편은 부정과 무의 예찬, 다른 한편은 항구적인 긍정과 정신의 생에 대한 애정"을 표방한다. 후자인 세템브리니는 나프타의 등장 이전에 주인공 한스 카스토르프에게 병에 관한 견해를 피력한 적이 있는데, 죽음이란 것이 어린 한스 카스토르프의 정신과 감각에 짧은 시기 세 번이나 체험되었기 때문이다. 세템브리니가 보기에 그에게 죽음의 모습은 새로운 경험이 아니라 오히려 특출한 원칙이었고, 이제는 익숙해져 죽음과 인척 관계에 있는 것만 같았다.

또한 카스토르프는 세템브리니에게 어리석으면서도 동시에 병에 걸려 있다는 것이 아주 이상하게 느껴진다고 이야기하며, 또 세상에서 가장 비참한 것은 이 두 가지가 짝을 이루었을 때라고 강변하면서 병에 대한 친밀감을 표시한다. 이 같은 병을 향한 예찬은 죽음에 대한 간접적 공감이라고 볼 수 있다. 그러나 세템브리니는 "병은 조금도 고귀하지 않고 존경할 만한 것도 아니며, 이러한 생각이 병 자체이거나 또는 병으로 이끌게 된다"라고 하면서 다음과 같이 단언한다.

"병은 어리석음과 절대로 양립하지 않을 정도로 고귀하고 존경
할 만한 것이 아니라, 오히려 굴욕을, 그렇습니다, 인간의 고통스
럽고 이념을 상하게 하는 굴욕을 의미하며, 개개의 경우에는 위
로를 하고 소중히 하는 것도 좋지만, 정신적으로 존경하는 것은
도착증倒錯症인 것으로 ―이 점을 명심해 주십시오― 모든 정신적
도착의 시작입니다."

그래서 세템브리니는, 본질적으로 죽음의 세계에 친근감
을 느끼는 카스토르프를 이성과 진보의 믿음이 존재하는 의무
와 일의 세계인 평지세계로 되돌려 보내기 위하여 많은 노력
을 한다. 그러나 『마법의 산』 제6권 「또 한 사람」의 장에서 나프
타가 등장한 이후, 「정신적 수련Operationes spirituales」의 장에서 병
과 죽음에 관해 세템브리니와 나프타가 열띤 논쟁을 벌이고,
이때 나프타가 "인간이라는 것은 병이라는 것과 같은 말이기
때문에 그래서 병은 아주 인간적"이라고 하자 카스토르프는 그
때까지 신뢰했던 세템브리니보다는 오히려 나프타에게 더 공

감하게 된다.

계속 이어지는 두 교육자 사이의 논쟁에서 카스토르프는 "세템브리니 씨도 확실히 열성스러운 교육자, 방해가 되고 귀찮을 정도로 열성스러운 교육자였지만 그의 교육원리는 금욕적, 자아 부정적인 객관성이라는 점에서 나프타의 원리와는 도저히 맞설 수가 없었다"라고 생각하면서도 곧 "로도비코 세템브리니는 객관적 진리를 추구하는 것을 인간 윤리성의 최고법칙이라고 생각하고 있다. 세템브리니의 이 생각은 경건하고 진지한데 반하여 나프타가 진리를 인간에게 관계시키고, 인간을 위하는 것이 진리라고 주장하는 것은 성실하지 않고 방종하다"라고도 생각한다. 이것은 앞의 절에서 언급한 '이것도 아니며 저것도 아니다, 저것도 옳고 이것도 옳다'라는, 전형적인 토마스 만의 아이러니라 할 수 있다. 카스토르프는 결국 두 사람에 대하여 각각 다음과 같은 결론을 내린다. 물론 곧바로 이어지는 「눈」의 장에서 카스토르프의 죽음에의 공감은 극복된다.

"아, 이 세템브리니 씨! 그가 아무런 까닭 없이 문필가가 아니었다. 다시 말해 그는 정치가의 손자이자 휴머니스트의 아들이 될

만했다! 그가 비판과 멋진 해방을 품격 있게 마음에 품고 있으면서도 거리에서는 아가씨에게 콧노래를 흥얼거리는 반면에, 날카롭고 키 작은 나프타는 가혹한 서약에 묶여 있는 것이다. 하지만 이 나프타는 그의 자유사상 때문에 방탕자로 낙인찍힌 반면, 세템브리니는 말하자면 도덕적 얼간이라 할 수 있었다."

그러나 교육 과정의 가장 은밀한 매력은 한스 카스토르프가 어느 교리에도 휩쓸리지 않는다는 점이다. 『마법의 산』의 핵심인 제6권 「눈」의 장 꿈속에서, 세템브리니와 나프타 사이 어느 쪽에도 치우치지 않으면서 그저 고개만 끄덕이는 한스 카스토르프의 태도는 일방적인 확정을 내릴 수 없는 유보로서의 아이러니를 결정적으로 드러낸다.

2) 쇼샤와 페페르코른

이탈리아어와 프랑스어로 이루어진 클라브디아 쇼샤라는 이름의 부인은 주인공 한스 카스토르프를 '마법의 산'에 7년 동안 머물게 하는데, 그녀는 러시아 사람으로서 유럽보다는 동양에 더 가까우며, 유럽의 시민적 세계와는 대비되는 인물이다. 쇼샤를 둘러싼 최근의 연구 동향에서는 뵘Böhm을 필두로, 주로 토마스 만의 강한 자서전적 성격과 함께 동성애를 다루고 있다.[6] 뵘은 여태까지의 쇼샤 연구에서 다음의 4가지 입장을 들고 있는데, "긍정적인 교양 요소", "저승세계로 이끄는 헤르메스적 인물", "남성적 아시아상의 구현", "카스토르프의 모성母性 고착의 표현" 등이다.

여기서는 먼저 쇼샤 부인의 키르키즈인 눈과 관능적 외모에 충동적인 매력을 느끼는 카스토르프를 중심으로, 세템브리니와 나프타의 정신적 영역으로의 교육 작용과는 그 성격이 다른, 죽음의 에로틱에서 이루어지는 주인공의 인식을 아이러니와 결부시켜 살펴본다. 먼저 그녀에 관한 인물묘사이다.

---

6 Karl Werner Böhm, "Die homosexuellen Elemente in Thomas Manns 'Der Zauberberg'", in H. Kurzke(Hrsg.), *Stationen der Thomas-Mann-Forschung: Aufsätze seit 1970*, Königshausen und Neumann, 1985. 또한 헤프트리히는 토마스 만이 동성애적 경향이 있었고 특히 그가 제1차 세계대전 직후에 정치적 문제로 고민하고 있을 때 이 경향이 불거졌다는 사실을 그의 일기 「1918-1921」에서 알 수 있다고 한다. 쿠르츠케는 헤프트리히의 분석에 다음과 같이 힘을 실어 주고 있다. "1918년에서 1921년까지의 토마스 만의 일기에 대한 헤프트리히의 철저한 분석은 토마스 만의 일상적인 것과 에로스의 혼란, 형제갈등 그리고 정치적 고민 등등을 밝혀 주고 있다."

"그녀의 키는 중간 정도로, 한스 카스토르프의 취향에 아주 적당하고 알맞았지만, 키에 비해 다리가 길고 허리도 굵지 않았다. 그녀는 몸을 뒤로 의자에 대지 않고 앞으로 구부리고 앉아, 포갠 다리의 허벅지 위에 팔짱을 낀 양팔을 얹고 등을 둥그렇게 굽혀 양쪽 어깨를 앞으로 숙였기 때문에, 목덜미가 훤히 드러나 보였다. 그렇다, 게다가 몸에 착 달라붙은 스웨터 때문에 등뼈까지 눈에 보일 정도였다. 그리고 그녀의 가슴은 마루샤의 가슴처럼 불룩하고 풍만하게 발달하지는 않았는데, 양쪽에서 압박되어 밋밋해진 소녀 같은 작은 가슴이었다."

이와 같은 쇼샤 부인에 관한 묘사만으로도 『마법의 산』의 관능적인 성격[7]을 확인할 수 있다. 한스 카스토르프가 병과 죽음의 세계 그리고 관능의 세계인 '마법의 산'에 빠져들게 되는 결

---

7 베르크호프 요양원을 '환락의 장소(Lustort)'라고 언급하는 대목에서 결정적 단서를 찾을 수 있다. "그건 그렇고, 당신은 하루를 어떻게 지냈습니까 — 이 환락의 장소 체재의 첫날을 말입니다", "'이 환락의 장소에서!' 여기는 환락의 장소가 아닌가요? 나는 여기를 환락의 장소라고 보고 있습니다". 이 문장들은 각각 제3권과 제5권에서 세템브리니가 카스토르프에게 하는 말이지만, 또 달리 제5권에서는 주요 등장인물이 아닌 환자들도 이 요양원을 환락의 장소라고 언급한다.

정적 원인은 쇼샤 부인에 대한 관심 때문인데, 그녀는 카스토르프가 13세 때에 동성애적 연정을 느껴 연필을 빌린 적이 있는 옛 동급생 프리비슬라프 히페와 이상할 정도로 닮았던 것이다.

이 기억은 제4권 「히페」의 장에 그 해답이 나오는데, 그는 클라브디아가 연상시키는 것이 프리비슬라프 히페라는 사실을 꿈속에서 깨닫게 된다. 이 히페 모티브는 한스 카스토르프가 어릴 적부터 이미 잠재적으로 지니고 있던 동성애 성향을 상징하고 있는 것이다. 이 점은 히페의 이름인 '프리비슬라프Pribislav'가 중세 독어의 '사전동침事前同寢, präbîslâf'을 연상시키는 사실을 보더라도 미루어 짐작할 수 있으며, 더욱이 연필을 빌리는 모티브가 결국은 쇼샤 부인과의 성적인 결합에 이르는 계기가 된다는 사실을 보면 더욱 뚜렷해진다. 연필은 '명백한 남근男根 상징'이기 때문이다. 그러므로 쇼샤 부인이 '연필을 가진 쇼샤'로 묘사되는 것도 일종의 아이러니이다. 이것을 뵘은 "자웅동체적 균형"이라고 하며, 카스토르프는 제6권 「변화Veränderungen」의 장에서 쇼샤 부인이 떠난 직후 특별히 매혹적인 자웅동체 식물에 관심을 기울이게 된다.

카스토르프는 「발푸르기스의 밤」의 장에서 병이 자기에게 자유를 준다고 하는 쇼샤 부인에게 사랑을 고백한다. 사랑에 빠진 카스토르프는 "삶은 물질도 아니고 정신도 아니며 양자의 중간물이다"라고 말하기도 하고, 또 "그러나 삶은 물질은 아닐지라도 쾌감과 혐오를 느끼게 할 정도로 관능적이고, 자기 자신을 감지할 수 있을 만큼 민감해진 물질의 음탕한 모습, 존재의 음란한 형식이다"라고도 한다. 그러나 죽음에 공감하는 관능적 사랑은 "몸 안이 벌레 먹은" 것과 같이 삶 자체를 죽음으로 변질시킨다. 그래서 카스토르프는 나중에 제6권 「눈」의 장에서 쇼샤 부인에 대한 사랑을 다음과 같이 비판적으로 인식하게 된다.

"죽음은 쾌락이지 사랑은 아니라고 나의 꿈은 말한다. 죽음과 사랑 — 이것은 맞지 않는 운韻이며, 얼토당토않고, 완전히 잘못된 운인 것이다! 사랑은 죽음에 대립하고 있으며, 이성이 아니라 사랑만이 죽음보다 더 강한 것이다. 이성이 아니라, 사랑만이 선량한 생각을 갖게 한다. 형식 역시 사랑과 착한 마음씨에서만 생기는 것이다."

물론 이 인식의 가운데에 토마스 만은 "죽음은 위대한 힘이다"라든가, "이성은 죽음 앞에서는 어리석은 존재가 된다"라는 아이러니적인 표현을 빠뜨리지 않는다. 쿠르츠케는 이 인식의 내용은 이중적인 의미라고 하면서, 만약에 그 장면을 정확히 읽으면, 카스토르프가 죽음을 사상적으로는 부정하지만 감정적으로는 긍정하고 있음이 잘 드러난다고 한다. 그러나 카스토르프의 쇼샤 부인에 대한 관능적 사랑의 탐닉은 곧 죽음에 대한 탐구로서 천재적 교양화 과정의 일부가 된다. 즉 쇼샤 부인은 카스토르프의 군은 시민적인 사고에 동요를 일으키며 또 카스토르프로 하여금 사랑, 도덕성, 관용에 대한 새로운 표상을 얻도록 한다.

『마법의 산』 2부 중반부에 이르러서야 등장하는 페페르코른은 1부에서 요양원을 떠났던 쇼샤 부인의 동반자로서, 그녀와 동시에 요양원에 나타난다. 카스토르프가 「눈」의 장에서 꿈을 꾼 이후 나프타와 세템브리니의 역할은 본질적으로 쇠진하여 새로운 교육자의 도래가 당연시되었기 때문이다. 그는 주인공 카스토르프에게 심각한 혼란을 야기하며, 그래서 '이중적 구조의 필수불가결한' 성격을 띠는 '다의적인 인물'이라 할 수 있다.

이렇듯 중요한 인물이지만, 토마스 만은 상세한 묘사를 오랫동안 불투명하게 내버려 둔다. 이중적으로 묘사되는 이 인물을 살펴보자.

"이마에 깊은 주름이 파이고 제왕과 같은 얼굴에다 비통하게 찢어진 입술을 한 페터 페페르코른은 언제나 두 가지 경향을 띠고 있었고, 두 가지가 다 그에게 어울려서 마치 하나가 되는 것처럼 보여, 그를 바라보면 이것이기도 하고 저것이기도 하며, 이쪽이기도 하고 저쪽이기도 하다는 것이었다. 그렇다, 이 멍청한 노인은 지배자의 속성을 지닌 제로Zero, 零였던 것이다! 그는 나프타처럼 혼란과 선동으로 논쟁의 신경을 마비시키는 사람이 아니었다."

페페르코른은 네덜란드 식민지 자바의 커피 재배업자로서 동양과 서양을 동시에 대표하며, 쇼샤 부인이 질병과 죽음을 상징하는 것과는 정반대로 건강과 삶을 긍정하는 디오니소스적 인물이다. 그래서 슈피복은 페페르코른의 형상에는 니체의 디오니소스적 삶의 개념과 활력설이 구성요소로 들어 있다고 말한다. 카스토르프가 생각하는 페페르코른은 긍정적 삶과 남성력의 상징이며, 또한 동적인 힘이 물질세계의 전부라고 느끼는 인물인 것이다. 카스토르프는 그를 존경하며 위대한 인물을 만났다고 생각하지만, 공교롭게도 그는 클라브디아의 여행 반려자라서 카스토르프는 그만 머리가 몽롱해져 버린다.

페페르코른은 삶을 사랑하고, 축제와 도취를 사랑하고, 신화와 근원적 자연을 사랑하는 인물이다. 니체처럼 그는 디오니소스와 그리스도에 비교된다. 소설의 마지막에 페페르코른이 아무것도 말하지 않았다는 사실은 교양소설과 어울리지 않지만, 카스토르프는 어느 누구보다도 그의 영향을 많이 받는다. 하지만 쿠르츠케는, 페페르코른이 소설의 구조 속에 그대로 끼워진 점은 논란이 되고 있으며, 특히 한스 카스토르프에게 그의 의미는 상당히 의문스럽다고 이야기한다. 심지어 페페르코른은 실제적인 인물이 아니라 그러한 인상을 주는 희화화된 인물이며, 한스 카스토르프가 노련하게 돈을 걸 수 있는 소설의 카드놀이 패라고 이야기한다. 그리고 페페르코른은 살아 있는 인물이라기보다는 오히려 삶과 고통의 알레고리이고, 확신에 찬 비지성적인 사자使者이기보다는 오히려 생의 철학의 비판자라는 쿠르츠케의 주장에서 우리는 또 한 번 페페르코른의 서술에 담긴 토마스 만의 아이러니를 엿볼 수 있다.

그런데 삶을 긍정하는 그의 태도에 견주어 보았을 때, '폭포수 밑에서 울리는 물소리' 체험 이후의 자살은 상당히 아이러니적으로 보인다. 왜냐하면 페페르코른은 카스토르프와 쇼샤 부인의 에로틱한 관계와 자신의 성적 무기력을 괴로워한 나머지 자살하지만, 그의 자살은 나프타의 자살처럼 자기모순에 의한 자멸행위가 아니라 디오니소스적 삶의 긍정에 모순되지 않고, 삶의 긍정의 일부를 이루는 동시에 그것의 표현이며, 신비적이고 종교적으로 느끼는 삶의 의무라고 볼 수 있기 때문이다. 그러므로 재언하자면, 카스토르프에 대한 페페르코른의 영향은 외적으로는 의미 있는 종합적 인간상으로 수용되지만, 내적으로는 새로운 시대적 이념을 받아들이지 못하는 무기력한 인간상을 보여 주는 것이었다.

토마스 만은 1923년 가을 어느 호텔에서 동석한 하우프트만의 인상을 페페르코른에 적용했는데, 1952년에 출간한 에세이 「게르하르트 하우프트만Gerhart Hauptmann」에서 "내 소설 속에 우뚝 솟은 기묘하게 비극적인 인물인 민헤르 페페르코른은 그를 두고 이야기한 것이었다"라고 밝힌 바 있다.

또한 토마스 만은『마법의 산』출판 이후 자신의 결례를 하우프트만에게 편지로 사죄했으며, 이에 하우프트만은『포시쉐 차이퉁』에 다음과 같은 글을 싣는다.

"『마법의 산』에서 우리는 토마스 만의 전부를 볼 수 있다. 하지만 우리는 또한『마법의 산』에서 우리의 병든 문화의 단면 또는 시대상을 보기도 한다. 내가 토마스 만에게 감탄을 금치 못하는 것은, 예리하고, 주도면밀하며, 분리시키기도 하고 통일시키기도 하는 그의 시선, 즉 그의 눈에 비친 것을 전달할 때의 주도면밀함과 정확함이다. 그러한 고도의 특성은『마법의 산』에서 비로소 완성을 보고 있다."

이에 대해 옌드라이에크는 '『부덴브로크가의 사람들』이래 격렬하게 논쟁이 일었던 몽타주 기법의 원칙에 따르면, 페페르코른을 하우프트만과 동일시하는 것은 나프타를 루카치와 동일시하는 것보다는 다소 그 강도가 약하다'고 하고 있다.

이상에서 비이성적이며 관능적인 삶을 대변하는 두 인물인 쇼샤 부인과 페페르코른을 살펴보았다. 두 인물을 향한 한스 카스토르프의 관심은 에로스와 거리라는 변증법적인 긴장관계를 토대로 하고 있음을 알 수 있다. 카스토르프는 쇼샤 부인에 대한 사랑을 통해 내면세계를 체험하고, 또 페페르코른을 통해 디오니소스적 삶의 개념을 인식하게 되어서, 세템브리니와 나프타의 정신적 영역으로의 변증법적 교육에서 벗어나 새로운 중도적 인간이 되어 가는 것이다.

3) 세템브리니와 쇼샤

『마법의 산』을 두고 주로 세템브리니와 나프타의 대립 속 주인공 한스 카스토르프의 교양화 과정을 고찰하지만, 삶의 세계를 구현하는 세템브리니와 죽음의 세계를 구현하는 쇼샤 부인의 대립 작용도 간과할 수 없다. 쿠르츠케는 많은 해설들에서 읽을 수 있는 것처럼, 전체적인 소설 구조로 보아 나프타와 세템브리니 사이에 한스 카스토르프가 있다고 생각하는 것은 옳지 않다고 본다. 뷔슬링 역시 세템브리니의 상대역은 쇼샤 부인이며, 그녀의 관능적 작용은 카스토르프를 첫눈에 사로잡는다고 주장한다. 또한 카르타우스도 쇼샤 부인과 세템브리니

는 똑같이 카스토르프에게 영향을 미치려고 애쓰는 경쟁자이
며, 그 때문에 쇼샤 부인과 세템브리니는 긴장 관계에 있다고
본다.

제5권 「백과사전Enzyklopödie」의 장에서 세템브리니는 쇼샤 부
인을 겨냥해서 카스토르프에게 "당신은 이곳에 만연되어 있는
공기에 물들지 말고, 유럽적인 생활형식에 적합한 말을 하십
시오! 이곳에는 특히 많은 아시아적인 것이 널리 퍼져 있습니
다. ― 모스크바계 몽골인이 우글거리고 있는 것이 다 이유가
있는 겁니다!"라고 말한다. 특히 시간에 대한 무관심은 아시아
의 미개함과 연관이 있다고 하면서 카스토르프에게 시간 낭비
의 위험을 역설한다. 이처럼 세템브리니와 쇼샤 부인의 대립
은, 주인공 카스토르프를 둘러싸고 다음과 같이 아시아와 유럽
의 비교로 서술되고 있다.

"세템브리니가 분류하고 표현한 바에 따르면, 두 가지의 원칙이
세계를 지배하려고 투쟁하고 있었다. 말하자면 권력과 정의, 폭
정과 자유, 미신과 지식, 지속의 원칙과 끓어오르는 운동의 원칙,
즉 진보의 원칙이 그것이었다. 그 한쪽은 아시아적 원칙, 다른 한

쪽은 유럽적 원칙이라고 부를 수 있을 것이다. 왜냐하면 유럽은 반항, 비평 및 개혁 활동의 땅이지만, 반면에 아시아 대륙은 부동성, 무위無爲의 정적靜寂을 구현하기 때문이었다. 두 세력 중에 어느 쪽이 마지막에 가서 승리할 것인가는 의문의 여지가 없는 일이었다. ─ 그것은 계몽의 세력, 합리적인 완전성의 세력이었다."

그리고 세템브리니는 나프타와의 대립에서 말하기를, "나는 감상적인 현세도피에 대항해서 현세를, 즉 삶의 관심을 옹호하며, 또 낭만주의에 대항해서 고전주의를 옹호한다"라고 하고 있는데, 이것은 "클라브디아 쇼샤는 낭만주의 취향을 지닌 삶의 태도의 상징이고 해체와 몰락의 화신이다. 그녀는 한스 카스토르프를 질병 쪽으로 유혹하는 작용을 한다. 그녀에 대한 한스 카스토르프의 사랑은 자기 존재의 심연에 대해 느끼는 공감이다"라는 엔드라이에크의 말과 관련지어 볼 수 있다. 한마디로 죽음과 몰락을 상징하는 쇼샤 부인은 그녀의 관능적인 매력으로 카스토르프를 시험하여, 그 젊은이를 '음부' 속으로 붙들어 매는 사랑의 신 아프로디테이자 비너스이다.

이제 토마스 만의 낭만주의에 관한 언급을 살펴볼 계제가 되었다. 왜냐하면 쇼샤 부인에게서 발견되는 기질과 토마스 만의 죽음에의 공감은 독일 낭만주의적 전통과 밀접한 관계가 있으며, 또 독일인에게 잠재해 있는 독일적 내면성과도 관련이 있기 때문이다. 토마스 만은 1945년 「독일과 독일인Deutschland und die Deutschen」이라는 에세이에서 독일 낭만주의에 대해 다음과 같이 말하고 있다.

"독일 낭만주의, 그것은 바로 저 가장 아름다운 독일의 특성이라 할 수 있는 독일 내면성의 표현이 아니고 그 무엇이겠습니까? 너무나 동경과 몽상에 가득 찬 것, 환상적이고 유령적인 것, 심오하고 기괴한 것, 모든 것을 부유浮遊시키는 아이러니는 낭만주의의 개념과 관련을 맺고 있습니다. 그러나 독일 낭만주의를 논할 때, 제가 생각하는 것은 결코 그런 것이 아닙니다. 그것은 오히려 말로 표현할 수 없는 어둠의 힘과 경건성입니다. 말하자면 그것은 하계下界의 비합리적이고 마성적인 삶의 힘, 삶의 근원적 원천을 스스로 가깝게 느끼고 이성적 세계관찰과 세계행위의 단순함에 대하여 보다 깊은 지식이나 보다 깊은 신성과 결합된 반명제를 제기하는 영혼의 고대성古代性입니다."

또한 쿠르츠케는 말한다. "토마스 만은 낭만주의에 대한 포괄적인 개념을 일찍부터 파악하고 있었다. 그것은 문학사적인 개념이라기보다는 오히려 일반적인 개념이었다. 그 개념은 원래 니체로부터 각인되었으며 대부분 리하르트 바그너의 작품과 연관되어 있다. 이에 따른 낭만적인 것이란 병적인 것과 병든 것, 퇴폐적인 것, 기교적인 것, 세련된 것과 육욕적인 에로틱이다."

이처럼 삶의 세계를 구현하는 세템브리니와 죽음의 세계를 구현하는 쇼샤 부인의 대립을 통해서 주인공 한스 카스토르프의 교양화 과정은 계속 진행되는데, 이제 그가 죽음에의 공감을 어떻게 삶으로의 공감으로 극복하는지 살펴보기로 하자.

4) 죽음의 극복과 아이러니

클라우스 슈뢰터는 소설 『마법의 산』의 영역이 어떤 것인가를 다음과 같이 앞질러 예시하고 있다.

"그 시대의 인간의 품위에 가장 어울리는 교양소설인 이 작품에서 병리학, 역사, 신학에 관한 모든 사색은 인생의 걱정거리 자식인 '주인공'에게 시민정신을 교육시키고, 그를 죽음에의 공감으로부터 해방시키는 것을 목적으로 삼고 있다."

'죽음에의 공감'이란 말은 1917년 6월 작곡가 한스 피츠너Hans
Pfitzner와 나눈 저녁 대화에서 토마스 만이 수용했던 말로서, 모
든 반정치적·정치적 논쟁을 넘어서서 당시 토마스 만의 생활
분위기를 광범위하게 포괄하고 있었다. 그 말은 그가 당시에
문학적으로, 음악적으로 연대의식을 느끼고 있던 낭만주의의
공식이자 기본 감정이었을 뿐만 아니라, 가장 개인적인 것을
표현해 주는 것이기도 했다. 그래서 앞에서 언급했듯이 토마스
만의 '죽음에의 공감'은 독일 낭만주의 전통과 밀접한 관계가
있으며, 또 독일인에게 잠재된 독일적 내면성과도 관련이 있는
것이다.

『마법의 산』에서 죽음에 공감하고 있던 카스토르프는 베렌스
의 과학적 주장에서 '삶에 관심이 있으면 그것은 곧 죽음에 관
심이 있는 것'임을 깨닫는다. 이처럼 과학적으로 증명된 '삶은
죽음'이라는 것은, 명제와 반명제는 서로 역설의 상황에 처해
있는 것과 마찬가지로 또한 토마스 만의 아이러니를 나타낸다.

죽음의 세계를 구현하는 쇼샤 부인에게 사랑에 빠진 카스토

르프는 「탐구Forschungen」의 장에서 병은 삶의 방종한 형태에 불과했음을 알고, "삶은 물질도 아니었고 정신도 아니었으며, 그것은 양자의 중간물로서 폭포수에 걸린 무지개처럼, 또는 불길처럼 물질을 소재로 하는 한 현상이었다"라는 것을 또한 깨닫는다. 그리고 쇼샤 부인의 육체를 암시하는 장면이 제시된다. "삶의 형상을 그는 보았다. 아름다운 사지를, 살을 소재로 한 아름다움을 보았다." 그래서 결국 「발푸르기스의 밤」의 장에서 카스토르프는 클라브디아와 히페를 완전히 동일시하여, 인체에의 사랑은 인문적인 관심이요 교육적인 힘이라고 말하면서 쇼샤 부인에게 사랑을 고백하는데, 이것은 그의 사고가 '죽음에의 공감'에서 '삶으로의 공감'으로 넘어가는 것을 암시한다.

그리고 우리는 「변화」란 장이 바로 다음에 오는 것도 토마스 만의 아이러니 정신인 '거대한 세밀주의'의 발로임을 알게 된다. 세부적인 것을 다루면서 모든 개별적인 것이 전체적 관계를 잃지 않도록 무한한 노고와 헌신적 인내, 성실성으로 온갖 주의를 기울이는 토마스 만의 치열한 산문정신을 느낄 수 있다.

쇼샤 부인은 사육제 직후 요양원을 일시 떠나게 되고, 새롭게 나프타가 등장하여 주인공 한스 카스토르프를 둘러싸고 세템브리니와 열띤 논쟁을 벌인다. 계속 이어지는 두 교육자 사이의 논쟁에서 카스토르프는 차츰 거리를 두게 되며, 종국에는 어느 쪽에도 치우치지 않는 태도를 취하는데, 이것은 앞에서 언급한 대로 어떠한 일방적인 확정을 내릴 수 없는 '유보로서의 아이러니'를 드러낸다.

그러던 어느 날 카스토르프는 '영원한 현재'만이 계속되는 요양원 생활의 단조로움에 질리고 무기력을 부끄럽게 생각하여 스키를 배우기로 결심한다. 얼마 뒤 스키를 타고 흰 눈이 덮인 아름다운 계곡을 따라가다가 그만 길을 잃고 눈보라에 갇혀 버리게 된다. 생사의 갈림길에서 카스토르프는 꿈을 꾸는데, 그 꿈은 새로운 인간상에 대한 비전을 제시한다. 그가 흰 눈이 뒤덮인 자연 속에서 환상적인 체험에 빠져 있을 때 죽음의 다의적인 성격이 잘 드러난다. 처음에는 아름다운 남극의 바닷가에서 서로 조화롭게 어울려 지내는 '태양과 바다의 자식들'과 어린아이에게 젖을 먹이는 어머니의 광경을 보게 되는데, 이것은 인간 본성에 내재하는 착함, 즉 아름다운 공동체에 대한 비전, 나아가 휴머니즘적 이상을 나타내고 있다. 그러나 다음 순간에는 신전 안에서 마녀가 어린 생명을 잔혹하게 뜯어먹는 광경을 보게 된다. 즉 인간사의 아름다운 공동체와, 그 배후의 신전에서 벌어지는 잔인한 피의 향연을 연달아 목격하게 되는 것이다. 카스토르프는 지독하게 아름답고, 지독하게 무서운 꿈이었다고 이중적인 의미로 말하면서 다음과 같은 인식에 도달한다.

"그것은 중도의 이념이다. 진정 그것은 하나의 독일적 이념이다. 그래, 바로 독일적 이념이다. 왜냐하면 독일적 본질이란 중도이고 중립적이고 중재적인 것이 아니겠는가? 그리고 큰 틀에 있어서 중도적 인간이 독일인이 아니겠는가? 그렇다, 독일적인 것을 말하는 자는 중도를 말하는 자이고, 중도를 말하는 자는 시민적인 것을 말하는 자인 것이다."

즉 카스토르프는 병과 건강, 삶과 죽음 등의 대립이 어느 한쪽으로도 치우치지 않아야 한다는 것을 깨닫는다. 그것은 바로 독일적 이념인 중도의 정신으로서 휴머니즘에 대한 인식이라고 할 수 있다. 이제 주인공 한스 카스토르프는 죽음, 즉 삶과 초월적인 시간을 체험하고 인생의 모든 대립적 갈등을 극복한다. 그리고 세템브리니와 나프타를 비판하면서 "죽음의 모험은 삶 속에 포함되고 그 모험이 없으면 삶이 아니며, 그 한가운데에 신의 아들인 인간의 위치가 있는 것이다"라고 고백한다.

장편소설 『마법의 산』의 핵심은 제6권 「눈」의 장이라고 할 수 있는데, 거기서도 핵심은 다음의 단 한 문장이다. 동시대 유럽이 나아갈 정신적 방향을 암시하는 이 문장은 작품 전체를 통틀어 문장으로서는 유일하게 이탤릭체로 씌어 있어 시각적으로도 강조되어 있다.

"*인간은 선과 사랑을 위해 결코 죽음에다 자기 사고의 지배권을 내어 주어서는 안 된다Der Mensch soll um der Güte und Liebe willen dem Tode keine Herrschaft einräumen über seine Gedanken.*"

그러나 4쪽에 이르는 꿈속에서의 다짐에도 불구하고 그가 베르크호프 요양원으로 다시 돌아와 한숨 자고 났을 때 이미 그 꿈은 아련하게 잊히고 만다. "눈 속에서 꿈을 꾼 것은, 희미해져 가기 시작했다. 눈 속에서 생각한 것은 그날 밤 사이에 벌써 알 수 없게 되었다."

그래서 토마스 만은 1925년 어느 인터뷰에서, "내 책의 구성적 결함은 「눈」의 장이 마지막에 있지 않다는 것이다. 작품이 상승하면서, 그렇게 상승하는 긍정적인 체험 속에서 정점에 도달하지 않고 하강하고 있다"라고 말한다. 그는 이것으로 토마스 만다운 아이러니를 우리에게 또 한 번 체험하게 해 준다.

제2장
작가론 — 토마스 만과 작품세계

1. 시대적 배경

　20세기 독일의 대표작가인 토마스 만은 1875년 6월 독일 북부의 한자도시 뤼베크의 부유한 집안에서 태어나, 1955년 8월 스위스 취리히 근교에서 작고했다. 뤼베크의 참정의원을 지낸 아버지로부터는 냉철한 사고와 도덕적인 기질을 이어받았고, 독일인과 브라질인의 혼혈인 어머니로부터는 감각적이고 분방한 예술가 기질을 물려받았다. 아버지가 사망한 후에 경제적으로 어려워진 가족은 뮌헨으로 이주했다. 토마스 만은 여기서 잠시 보험회사 견습사원으로 지내다가 뮌헨대학교에서 청강하면서 문학의 길을 준비하게 된다. 청년시절 그의 사상 형성에 영향을 준 것은 쇼펜하우어, 바그너, 니체였다. 그리고 토마스 만이 문학활동을 시작한 1890년대 중엽 자연주의는 이미 위기에 빠졌고, 반합리주의적 문예사조인 신낭만주의, 인상주의, 신고전주의, 상징주의가 득세하기 시작했다. 다시 말해 문화사 및 문학적 견지에서 볼 때, 토마스 만은 19세기의 전통적 문화 체제를 부인하고 새로운 혁신을 지향하는 20세기 문화의 발판인 '현대'라는 시대적 배경을 지니고 있다.

서구 문예사조에 있어서, 19세기 말에서 20세기 초에 이르는 "세기 전환"의 문학을 한마디로 정의하기란 그리 쉬운 일이 아니다. 왜냐하면 어떤 하나의 공통된 "주의"로 묶이지 않고 여러 개별적 사조들이 다양하게 밀어닥쳤기 때문이다. 앞에서 말한 신낭만주의, 인상주의, 신고전주의, 상징주의뿐만 아니라 20세기 초반 전체의 사조적 흐름에 나타나고 있는 표현주의, 초현실주의, 다다이즘 등도 그 예이다. 그렇지만 세기 전환의 이 시기에서도 굳이 공통된 요인을 찾는다고 한다면, 그것은 바로 '전위적인(아방가르드적인) 실험예술성'이라 할 수 있을 것이다.

이 기간은 독일 정치사에서 1890년의 비스마르크 퇴진 이후

1910년까지의 빌헬름 2세 집정시기, 즉 프랑스의 전쟁 보상금을 기반으로 갑자기 우후죽순처럼 생겼다가 없어지는 소위 '포말회사' 범람의 결과가 나타난 '빌헬름 시대'에 속한다. 사회·경제적으로 보면 농업사회에서 고도의 산업대중사회로의 변모가 일어난 시기이다. 이러한 문명의 현대화는 시대를 반영하는 자연주의 문학을 일으켰지만 그 반작용으로 시대에 거리를 취하는 상징주의 예술을 낳았다.

1910년에서 1925년에 걸친 '표현주의'는 문학 및 미술의 새로운 흐름일 뿐만 아니라, 모든 분야에서 야기된 일종의 위기감과 관련된 '운동적' 성격을 지닌다. 그렇기 때문에 모든 전통을 일거에 부인하고 있음에도 불구하고, 거기에는 유럽정신이 숨어 있다. 니체의 사상, 릴케의 문학사상도 당시 젊은이들에게 큰 영향을 끼쳤으며, 러시아 작가 도스토엡스키와 톨스토이, 프랑스 상징주의자 보들레르, 랭보, 그리고 미국의 휘트먼의 영향도 적지 않았다.

1914년 발발한 제1차 세계대전은 '삶을 위한 문학'을 지표로 삼는 표현주의 운동에 어떤 의미에서 정당성을 부여했다. 이해에 이미 『마법의 산』을 집필하기 시작한 토마스 만은 전쟁 시작

일주일 후 형 하인리히 만에게 "숙명적인 독일에 대하여 매우 깊은 공감을 품고 있다"라고 편지했고, '시국에 대한 개설'이라는 부제가 붙은 에세이 「프리드리히와 대동맹」을 씀으로써 국수주의적·보수주의적 입장을 확연히 드러냈다. 물론 이것 때문에 형과의 불화가 생기고, 그 유명한 '형제논쟁'이 일어난다.

하지만 토마스 만은 전후의 대혼란 속에서 앞으로의 독일은 민주주의의 길을 걸어가야만 한다고 확신하며, 논설이나 강연을 통하여 이 생각을 대중에게 전파한다. 특히 1922년 6월 이상주의적 자유주의 정치가 라테나우가 유태인이라는 이유로 우익 과격파에게 암살당한 사건에 커다란 충격을 받은 토마스 만은 더더욱 민주주의에 찬성하면서, 수동적이 아니라 적극적으로 민주주의를 지키도록 노력해야 한다고 생각한다.

1933년 1월 힌덴부르크 대통령으로부터 히틀러가 정권을 넘겨받자, 며칠 지나지 않아 토마스 만은 외국으로 떠난다. 히틀러 치하 제3제국의 시대에서는 많은 작가들이 체포를 당했고, 제대로 작품활동을 할 수도 없었다. 그래서 여러 작가들과 마찬가지로 토마스 만도 망명길에 오르는데, 특이한 점은 자신이 그렇게 오랫동안 독일을 떠나 있어야 할 운명이라는 것을 몰

랐다는 것이다. "나는 망명한 것이 아니라 그저 여행을 떠났습니다. 그런데 갑자기 내 자신이 망명객임을 알게 되었습니다." 토마스 만은 뮌헨대학교에서 「리하르트 바그너의 고뇌와 위대성」에 관해 강의한 뒤, 그 다음 날 네덜란드, 벨기에, 프랑스를 거쳐 스위스의 취리히 호반에 거처를 정한다.

제2차 세계대전의 패전으로 인한 독일의 붕괴는 제1차 세계대전 때와는 달리 철저하고도 파멸적이었다. 나치 시대에 토마스 만의 저서는 독일에서 당연히 판매가 금지되었다. 제2차 세계대전 이후 그의 저서가 판금에서 해제되었을 때, 일반 독자들은 환영했지만 동료 작가들은 결코 호의적이지 않았다. 망명조차도 제대로 할 수 없었던 사람들에게는 토마스 만과 같은 망명 작가들이 비겁자 내지 겁쟁이로 비쳐졌다. 특히 그들은 1938년 미국으로 이주한 토마스 만이 제2차 세계대전이 끝났는데도 독일로 돌아오지 않은 것에 대해 배신자라고 맹비난했다.

그러나 1949년 토마스 만은 괴테 탄생 200주년 기념강연을 위해 독일 땅을 밟았다. 16년 만이었다. 이 강연에서 토마스 만은 이데올로기에 구애됨이 없이 과감하게 동서독 두 도시를 방문하여 괴테의 인간성에 의한 민주주의의 재건을 호소했다. 이 듬해 1950년 75세의 토마스 만은 시카고대학교에서 자기 자신의 솔직한 감정에 대해 이야기하고 또 작품 속에 흐르고 있는 정신에 대해 강연을 하는데, 그 내용의 핵심은 '나는 여태까지 인간성을 옹호하는 일 이외에는 결코 아무것도 하지 않았습니다. 또 하려고도 하지 않았습니다. 앞으로도 이외의 일은 하지 않을 것입니다'라는 것이었다.

시대적 상황은 늘 굴곡이 있게 마련이다. 이번에는 미국에서 공화당 상원의원 매카시J. M. McCarthy를 중심으로 한 광신적 '마녀사냥'이 일어났고 그 대상에 토마스 만도 포함되었다. 그래서 당시 토마스 만과 친교를 맺고 있던 유명한 찰리 채플린도 미국을 떠났고, 베르톨트 브레히트도 마찬가지로 미국을 떠나 베를린으로 돌아갔다. 토마스 만 역시 미국을 떠나지만, 그는 분단된 독일의 어느 한쪽을 선택하지 않고, '동독'도 '서독'도 아닌 제3국 스위스에 안식처를 정한다. 그리고 3년 뒤 1955년에 생을 마감한다.

2. 토마스 만의 서사정신

1) 태생적 이원성

"나는 본질적으로 내 생애 최초의 25년간이 속한 세기, 즉 19세기의 아들이다"라고 『한 비정치적 인간의 고찰』 서문에서 밝히고 있는 토마스 만은 오래전 뤼베크에 정착한 부유하고 명망 있는 가문에서 태어났다. 그의 아버지는 100여 년 동안이나 가업으로 이어진 대규모 곡물상을 경영하고 있었으므로 토마스 만의 유년시절은 매우 유복했다. 3남 2녀 중 둘째였으며, 세계적인 작가 하인리히 만Heinrich Mann(1871-1950)이 바로 그의 형이다. 아버지 토마스 요한 하인리히 만은 당시 프랑스 소설을 원서로 읽고, 영국제 양복을 입고, 러시아제 여송연을 피울 정도의 교양을 갖춘 신사로서 자기 회사 일과 시 행정의 중책을 동시에 수행할 수 있는 근면하고 유능한 인물이었다. 이미 네덜란드 영사라는 직함을 가지고 있던 그는 토마스 만이 태어난지 2년 만에 뤼베크시의 참정위원으로 선출되었다. 그것은 영광스러운 일이었는데, 참정위원직은 소공화국 뤼베크시의 장관직에 속했기 때문이다. 토마스 만은 1926년 뤼베크에서 행한 연설에서 자신의 아버지에 대해 다음과 같이 말하고 있다.

"선친의 인격이야말로 비밀스런 모범으로서 나의 모든 행위를
결정했습니다. 나는 살아가면서 문득문득 미소와 함께 그런 사
실을 확인해 왔고 또 그럴 때마다 동시에 깜짝 놀라지 않을 수 없
었습니다. 어쩌면 선친과 알고 지내고 그분이 여기 이 도시에 살
면서 많은 직무를 맡아 활동하던 당시의 모습을 본 어떤 분은 오
늘 제 연설을 들으면서 선친의 품위와 분별력, 명예심과 근면성,
인격과 정신의 고상함, 전적으로 순종하고 따르던 서민들에 대한
그분의 온후함, 사교적 재능과 유머를 기억해 내실지도 모르겠습
니다. 선친은 결코 단순하거나 둔감한 분이 아니라 예민하고 열
정적인 사람이었습니다. 그러나 또한 선친은, 당신의 아름다운
집을 지었던 바로 이곳 뤼베크에서 일찍이 명망과 명예를 이룬,
자제심 있고 성공적인 그런 분이었습니다."

아버지의 이와 같은 진지성·분별성과는 대조적인 어머니의
영향 또한 매우 컸다. 독일 태생의 농장주와 포르투갈 태생의
여인 사이, 브라질에서 태어난 어머니 율리아 다 실바 브룬스

는 다양한 취미와 음악적인 재능을 지닌 아주 아름답고 열정적인 여자였다. 어머니가 돌아가신 지 7년 후에 토마스 만은 그의 자전적 에세이에서 어머니에 대해 다음과 같이 묘사하고 있다.

"우리 어머니는 무척이나 아름다웠고, 누가 봐도 알아볼 수 있는 스페인풍風의 자태를 지니고 있었다. 그런 혈통의 특징과 자세를 나는 나중에 유명한 무용가들에게서 다시 발견하였다. 어머니는 남국 여인의 상아빛 피부와 고상하게 생긴 코 그리고 내 생각에는 지극히 매혹적인 입술을 지니고 있었다. 나는 물론 어머니가 연주할 때 함께 있는 것을 좋아했다. 쇼팽의 연습곡과 야상곡 연주가 가장 빼어난 것 같았다. 이런 음악의 상류사회풍 낭만성에 대한 나의 뿌리 깊은 애정과 고전적·낭만적 피아노 문헌에 대한 지식은 대부분 그 당시에 얻은 것이었다. 어머니의 목소리는 작지만 아주 곱고 사랑스러웠다. 어머니는 감상성은 물론이고 극적인 과장도 배제된 예술적 운율로, 수북하게 준비한 악보들을 보면서 모차르트와 베토벤에서 슈베르트와 슈만, 로베르토 프란츠, 브람스와 리스트를 거쳐 후기 바그너파의 첫 작품들에 이르는 놀라운 영역의 온갖 유명한 노래를 불렀다. 내가 독일 예술의 아마도 가장 찬란한 이 분야에 앞으로도 계속 친숙하게 될 수 있었던 것도 어머니 덕분이었다."

또한 어머니가 들려주는 이야기는 어린 토마스 만의 상상력을 펼쳐 주었으며, 특히 어머니의 다양한 취미와 예술적인 재능은 그로 하여금 최초의 "교양체험"을 하게 해 주었다. 그래서 만은 스스로를 "북쪽과 남쪽, 독일적 요소와 이국적 요소의 혼합"이라고 생각했으며, 1930년에 쓴 그의 에세이에서도 부모로부터 물려받았던 성격에 대해 다음과 같이 표현하고 있다.

"내 성품의 혈통적 유래를 자문해 보자면, 나는 괴테가 말한 저 유명한 시구를 떠올리면서 나 역시 '삶의 진지한 영위營爲'는 아버지로부터 물려받았으나, 예술적·감성적인 방향에 속하는 '낙천적인 천성' —이 말이 지닌 가장 광범위한 의미로 말해서— '이야기를 지어내려는 욕구'는 어머니에게서 물려받았다고 말하지 않을 수 없다."

토마스 만의 자서전 혹은 일기, 약력 등에서 알 수 있듯, 그는 부계로부터 독일 시민계급의 경건하고도 엄격한 도덕률을 물려받았고 모계로부터는 섬세한 예술가의 기질을 물려받았는데, 이것이 바로 '시민성'과 '예술성'으로 일컬어지는 그의 이원성의 원천이라고 할 수 있다. 다시 말해 그는 니체가 말하는 아폴로적인 것과 디오니소스적인 것의 모순을 안고 태어났던 것이다.

2) 정신의 3연성

토마스 만에게 영향을 준 작가들은 폴 부르제Paul Bourget, 쇼펜하우어, 니체, 톨스토이, 괴테 등으로 이루 다 열거할 수는 없겠지만, 그중에서도 특히 토마스 만 스스로 3연성이라 일컫는 쇼펜하우어, 바그너, 니체가 끼친 영향이 지대하다. 그들은 토마스 만이 가는 길에 처음부터 함께했으며, 수많은 정신적인 변전을 겪는 동안에도 내내 그를 따라다녀서, 그들을 빼놓고는 그의 산문의 변형과 특수성을 파악하기 어렵기 때문이다. 토마스 만 스스로도 『한 비정치적 인간의 고찰』에서 다음과 같이 고백하고 있다.

"나 자신의 정신적·예술적인 교양의 기초를 자문할 때, 내가 거명하지 않을 수 없는 세 이름, 강렬한 빛을 발산하며 독일의 하늘에 나타난, 영원히 결합된 정신의 3연성 ─ 단지 친밀한 독일적 사건이 아니라 유럽적 사건을 나타내는 그 이름은 쇼펜하우어, 니체, 바그너인 것이다."

(1) 쇼펜하우어

먼저 **쇼펜하우어**에 대하여 살펴보자. 토마스 만은 1938년 「쇼펜하우어」란 에세이에서 쇼펜하우어의 철학은 항상 뛰어나게 예술적인 것으로 인정되었고 정말 탁월한 예술가 철학으로 받아들여져 왔다고 말하고 있는데, 그것은 그의 철학이 아주 높은 수준의 예술철학이라든가 또는 그 철학의 구성이 완벽한 명료성, 투명성, 완결성을 갖고 있기 때문이 아니라, 필연적이고 천부적인 미美의 표현은 오로지 본질에 대한 것이며, 본능과 정신, 욕정과 구제라는 격렬한 대립자들 사이에서 작용하고 있는, 단적으로 말해 역동적인 예술가적 본성의 표현이기 때문이라는 것이다.

토마스 만에 따르면 예술가란 가상의 세계, 모상들의 세계에 집착해 있는 것처럼 느껴지지만, 바로 그렇기 때문에 동시에 스스로가 이념의 세계, 정신의 세계에 속해 있음을 알고 이념을 위해 가상들을 관통해 들여다볼 줄 아는 마법사와 같은 자인 것이다. 여기에서 예술가의 **중재적인** 과제, 즉 상부세계와 하부세계, 이념과 현상, 정신과 감각을 중개하는 자로서의 그의 비의적이고도 마적인 역할이 부각되는 것이다. 왜냐하면 이것이 사실은 이른바 예술의 우주적 지위이기 때문이다. 토마스 만은 쇼펜하우어의 작품에 대해 논하면서 "쇼펜하우어는 매우 음악적이다. 나는 되풀이해서 그의 작품이 4악장으로 구성된 교향곡이라고 명명했다. 그는 '예술의 대상'에 바쳐진 그의 세 번째 장에서 다른 어떤 사상가 이상으로 음악에 찬사를 보냈다. 그는 음악에 대해 다른 예술의 옆자리가 아니라 다른 예술을 뛰어넘는, 전적으로 특별한 자리를 마련해 주는데, 그것은 음악이 다른 예술처럼 현상의 모사가 아니라 바로 의지 자체의 직접적 모사이기 때문이며, 또한 음악은 세상의 모든 물리적인 것에 대해 형이상학적이자, 모든 현상에 대한 '물 자체Ding an sich'를 표현하기 때문이다"라고 말하고 있다.

그래서 쇼펜하우어의 철학은 한마디로 정신과 관능 사이의 거대한 긴장에서 탄생한 음악적·논리적 사상체계로서의 죽음의 에로틱이며, 그런 긴장의 결과로 거기에서 튀어 오르는 불꽃이 바로 에로틱이다.

이와 같이 생을 부정하고 무를 긍정하는 쇼펜하우어의 영향은 참으로 컸으며 그 영향은 특히 그의 초기 장편인 『부덴브로크가의 사람들』에서 결정적으로 드러나고 있다. 토마스 만은 쇼펜하우어를 처음으로 접했을 때 그것이 자신에게 엄청난 충격이었음을 『한 비정치적 인간의 고찰』에서 다음과 같이 술회하고 있다.

"교외의 작고 높은 곳에 있는 한 칸의 방이 내 눈앞에 떠오르는데, 그 방 안에서 나는 묘한 모습을 한 긴 팔걸이 의자인 것 같기도 하고 긴 안락의자 같기도 한, 그런 것 위에 누워서 며칠 동안 『의지와 표상으로서의 세계』를 읽었다. 그런 독서는 단 한 번밖에 없는 법이다. 그런 독서체험은 두 번 다시 오지 않는다."

또한 같은 곳에서 토마스 만은 쇼펜하우어의 철학이 평생 잊지 못할 최고의 영적 체험에 속한다고 고백하고 있다. 쇼펜하우어의 염세주의와 심미주의가 청년 토마스 만에게 영향을 주었던 것은 무엇보다도 의지로부터의 구원, 즉 본능과 둔감한 격정의 힘으로부터의 구원이란 오로지 예술영역에서만 가능하다는 생각이었다. 특히 『마법의 산』과 관련해서 토마스 만은 생과 죽음에 대해 다음과 같이 말하고 있다.

"나는 『마법의 산』에서 '생에 관심을 갖는 자는 특히 죽음에 대해서도 관심을 갖는다'고 언급한 바 있다. 이는 깊이 있게 각인된, 전 생애를 통해 영향력을 미쳐 온 쇼펜하우어의 흔적이다. 그리고 '죽음에 대하여 관심을 갖는 자는 죽음 속에서 생을 찾는다'라고 덧붙여 말했다면 그것 또한 쇼펜하우어적인 표현이었을 것이다."

(2) 니체

토마스 만은 정신에 의한 삶의 부정이라는 자세를 일깨워 준 쇼펜하우어와는 반대로 **니체**로부터는 정신을 부정하고 삶을 긍정하는 자세를 배웠다. 토마스 만의 다음과 같은 말에서 그가 삶에 관한 한 니체에게서 얼마나 지대한 영향을 받았는지 알 수 있다.

"만약 내가 니체에게 정신적으로 물려받은 것을 하나의 공식, 즉
한 단어로 표현해야 한다면, 그것은 오직 '삶의 이념'일 뿐이다."

토마스 만은 초기의 몇몇 작품들 속에 '니체의 정신적 및 양
식적인 영향'이 들어 있다고 고백한다. 근본적으로 자신이 사
랑하는 것은 오직 삶뿐이라고 말하는 니체는 삶의 철학자이고
그래서 그의 모든 사고는 삶에 집중되어 있다. 삶을 밖으로 표
출해 내는 최고의 표현 가능성을 니체는 예술에서 찾고 있으
며, 예술이 인간적 의미에서 삶의 최고 과제이며 본질적으로
형이상학적 행위임을 확신하고 있다.
니체가 말하는 삶과 예술을 이해하기 위해서는 그의 사상 전
반을 상징적으로 나타내 주는 디오니소스적인 것과 아폴로적
인 것이라는 두 개념에 대한 이해가 뒤따라야 하는데, 여기서
는 다음의 함축적인 말로 그 개념을 이해하고자 한다.

"'디오니소스적'이라는 말로 표현될 수 있는 것은 다음과 같다.

그것은 합일에의 충동이며, 개인, 일상, 사회, 현실 등을 넘어서는 것 즉 어둡고 무언가 가득 차 있으며 부유하는 상태로의 팽창이며, 삶의 총체적 성격에 대한 황홀한 긍정이다."

"아폴로적인 것은 우리를 디오니소스적 보편성으로부터 구해 내어 우리로 하여금 개체들에 대해 감격하게 만든다. 아폴로적인 것은 우리들의 끓어오르는 동정심을 이들 개체에게 고정시키고, 이를 통해 위대하고 숭고한 형식을 갈망하는 미적 의식을 만족시킨다. 그것은 우리에게 삶의 모습들을 보여 주어 이것들 속에 내포되어 있는 삶의 핵심을 사상적으로 파악하게끔 자극한다. 아폴로적인 것은 형상, 개념, 윤리적 교훈, 동정심 등의 엄청난 힘으로 인간을 격정적 자기파괴로부터 끌어올려 준다."

이와 같은 두 가지 충동인 디오니소스적 요소와 아폴로적 요소가 모든 예술행위에서 서로 대립하거나 갈등하는 가운데 다양한 형태로 나타나지만, 어느 한쪽 요소가 일방적으로 나타나는 것이 아니라 두 요소가 은밀한 내적 결합으로 나타난다. 즉 디오니소스는 아폴로의 말을 하고, 종국적으로 아폴로는 디오니소스의 말을 한다. 그렇게 함으로써 비극과 예술의 최고 목표가 달성되는 것이다.

토마스 만은 니체를 무엇보다도 위대한 비평가이고 문화 철학자이자 쇼펜하우어학파를 계승한 유럽적 산문가, 그리고 가장 고급스런 계열의 에세이스트라고 평가했으며, 니체철학은 쇼펜하우어의 철학만큼이나 완벽하게 조직된 아주 훌륭한 체계라고 했다. 그리고 니체는 정신사가 알고 있는 인물 중에서 가장 완벽하고도 가장 구제불능인 심미주의자라고 생각했다. 디오니소스적 염세주의를 자체 내에 함축하고 있는 그의 전제들, 다시 말해 삶이란 오로지 심미적 현상으로서만 정당화될 수 있다는 전제들은 니체 그 자신의 삶, 사고 및 문학작품과 한치도 어긋남이 없이 정확히 일치한다. 삶은 심미적 현상으로서만 정당화될 수 있고 이해가 가능하며, 존중받을 수 있고, 그렇게 함으로써만 삶은 최종 순간의 자기신비화에 이르기까지 철저히 의식된다. 이 같은 삶이야말로 광기에 빠질 만큼 철저한 예술가적 표현인 것이다.

「약력」에서 토마스 만은 니체를 비판적 관점에서 수용하고 있음을 명확하게 보여 주며, 니체의 삶의 이념에 동화할 유일한 가능성인 아이러니에 대한 단초를 보여 주고 있다.

"나는 니체에게서 무엇보다 자기초극자의 모습을 보았다. 그의
힘의 철학과 '금발의 야수'가 나에게 무엇이었던가? 거의 당혹이
었다. 그의 정신을 대가로 한 '삶'의 찬양, 독일인의 사고 속에서
위험한 결과를 초래한 저 서정시 ─ 그것을 나에게 동화시킬 단
하나의 가능성은 아이러니에 있었다. 내 청년기 문학에서도 '금
발의 야수'가 나타나는 것은 사실이지만, 그런 야수적인 성격에
서는 상당히 벗어나 있었다. 니체가 내 안에서 겪은 인격적 변신
이란 아마도 시민화를 의미했을 것이기 때문이다."

여기에서 토마스 만은 한편으로는 니체의 생동적이고 마적
인 열정에 감탄하고, 몰락으로 치닫는 유럽사회의 시대적 분
위기에 대한 니체의 예리한 분석에 공감하는가 하면, 다른 한
편으로는 그의 단순한 르네상스적 취미라든가 초인숭배, 피와
미가 뒤섞인 호언장담에 대해서는 끝끝내 미심적은 태도를 취
하고 있다. 또한 니체의 삶의 개념을 전통적인 독일 시민계급
의 윤리적이고 규범적인 삶과 결부시켜 생각함으로써 삶의 개

념을 평이하게 완화시켰고, 그렇게 함으로써 토마스 만의 삶의 개념은 시민성과 같은 맥락을 갖게 된다. 그리고 토마스 만은 '정신을 대가로 하는 삶의 찬양'에 동화할 유일한 가능성으로서 아이러니를 채택하며, 그 아이러니를 윤리적 태도로서, 즉 정신적이고 미학적인 관점으로서 공식화했다.

토마스 만은 니체의 삶의 이념에서, 삶은 정신이나 이상, 도덕보다도 우위에 있음을 배웠지만, 니체의 절대적인 삶의 긍정을 단순하게 차용하는 것이 아니라 이로부터 어느 정도의 '거리'를 두고 있다. 이와 같은 유보적 태도는 자발적인 체험을 통해서가 아니라 아이러니적인 굴절을 통해 특징화된다.

(3) 바그너

토마스 만의 고백에 따르면, 그에게 있어 아주 중요한 시기에 니체의 정열적이고도 회의적인 비판 의식과 더불어, 예술과 예술가 기질에 대한 그의 모든 근본 개념을 새겨 넣어 준 것은 바로 **바그너**의 음악이었다. 예술영역에서 음악을 가장 높이 평가한 쇼펜하우어에게서 자신의 음악이론을 차용했던 바그너의 음악에 대해 토마스 만은 "바그너의 음악은 우리 시대로부터 무엇인가를 이해하고자 한다면 반드시 체험하고 인식해야 할 현대예술"이라고 말하고 있다.

또한 「바그너의 예술에 관하여」라는 에세이에서도 토마스 만 자신이 얼마나 바그너에게서 많은 영향을 받았는지 스스로 고백하고 있다.

"나는 일찍이 이 세상의 어느 것도 바그너의 작품만큼 그렇게 내 젊은 시절의 예술적 충동을 강렬하게 자극했던 것은 없었으며, 바그너의 작품은 언제나 새로이 질투심이 일어날 정도의 사랑에 빠지고픈 열망으로 나를 가득 채워 주었다고 고백한 바 있다. 오랫동안 바이로이트의 거장 바그너의 명성은 나의 모든 예술적 사고思考와 행위 위에 우뚝 서 있었다. 오랫동안 나에게는 모든 예술적 동경과 소망이 이 전능한 이름으로 귀결되는 것 같았다."

그러나 다른 한편 "내 청년기의 바그너에 대한 열광은 위대한 시인이나 작가들에게 바쳤던 저 신뢰에 찬 헌신적 태도와는 결코 같은 성격이 아니었다"라고 하며 다소 비판적인 입장을 취하기도 했는데, 제2차 세계대전의 전운이 감도는 1940년에 『콤

먼센스』지誌의 발행인에게 보내는 「바그너를 변호하며」라는 편지에서 바그너 음악이 자아내는 열광, 장엄한 감정 등의 위험성을 경고하고 있다.

"저는 바그너의 수상쩍은 '문학'에서만 나치적 요소를 발견하는 것은 아닙니다. 저는 그의 '음악'에서도, 그리고 고상한 의미에서 사용하고 있지만, 그의 수상쩍은 예술작품에서도 마찬가지로 나치적 요소를 발견합니다. 비록 제가 그것을 그토록 사랑했음에도 불구하고, 이 관련 세계에서 흘러나오는 어떤 닳아빠진 음향이 우연히 귓가에 울려올 때면, 오늘날까지도 저는 전율에 몸을 떨며 그 음향에 귀를 기울일 정도입니다."

토마스 만이 바그너에게서 받은 영향을 이야기할 때 니체 없이는 생각할 수 없는데, 토마스 만은 니체의 바그너관觀을 수용하여 바그너 예술이 지닌 도취적인 위험성에 비판적인 태도를 취했다. 왜냐하면 니체는 바그너의 예술이 병적이고 신경과민적이며 과도한 흥분과 예민한 감수성을 자극하는 마약과도 같은 것이라고 비판했기 때문이다.

토마스 만에게 음악에 대한 도취는 곧 죽음에의 동경이다. 이것은 바그너의 음악에서 받은 영향으로 그는 바그너 음악을 몰락과 죽음에의 동경으로 가득한 예술로 보았다. 그러면서도 바그너의 음악을 『부덴브로크가의 사람들』에 등장시켜서 범속한 상인이 속한 시민적 삶에서 예술가적 기질이 출현하게 되는 정신화의 과정을 중개하는 매개자의 역할을 부여하고 있다. 그래서 바그너에 대해 토마스 만이 보여 준 태도는, 니체에 대해 보여 준 태도와 똑같은 '양면감정 병존성'이었다. 「바그너의 예술에 관하여」라는 그의 짧은 에세이에서 "비록 내가 바그너와 정신적으로 그토록 먼 거리에 있다 할지라도, 나의 예술적 행운과 예술 인식이 바그너 덕분이라는 사실을 결코 잊을 수가 없다"라고 말했는데, 이 표현은 한마디로 "경탄과 혐오의 혼합"이라고 할 수 있다.

즉 토마스 만 자신도 "리하르트 바그너의 작품이 나의 모든 예술과 예술성의 기본 개념을 각인시켜 주었다"라고 말하고 있지만, 다음과 같은 고백에서는 바그너에 대한 이의적이고 양면감정 병존적인 입장이 분명히 드러나게 되는 것이다.

"그는 정신과 성격에서는 의심스러워 보였다. 즉, 비록 품위라든가 그 영향의 순수성과 건강함과 관련해서는 매우 의심스럽기도 하지만, 예술가로서의 바그너는 도저히 거역할 수 없는 것처럼 보였다."

이상에서 살펴보았듯이 토마스 만은 20대 초반 무렵 쇼펜하우어, 바그너, 니체 등 소위 3연성의 영향권에 들게 되어 예술의 고귀한 영원성과 그 부도덕한 위험성을 동시에 통찰하게 되었으며, 삶을 바라보는 그의 시선 역시 경멸과 동경으로 뒤섞인 '양면감정 병존성'을 지니게 되었다. 출생의 이원성에다 소위 3연성의 미학 및 철학이 지닌 이원성을 배경으로 하여 나오기 시작한 그의 초기 작품들은 대부분 시민계급의 건전한 도덕률로부터 이반하여 세기말의 병적인 예술가 기질을 몸에 담은 주인공들의 고뇌를 그리고 있다. 토마스 만의 초기 작품에서 가장 두드러지게 나타나는 것은 시대상의 반영과 더불어 삶과 정신, 생과 죽음, 시민과 예술가, 관능과 정신 등과 같은 이원적인 대립이다. 이러한 대립을 바탕으로 토마스 만의 서사정신이라고 할 수 있는 서사적 아이러니에 대하여 알아보자.

3) 토마스 만의 서사적 아이러니

소설은 18세기에 시민계급의 번창과 더불어 서사문학의 새로운 장르로서 부상하여, 19세기 중반 이래 소설의 시대라고 할 수 있을 정도로 창작과 수용 양 측면에서 급속하게 문학의 중심적인 장르로 발돋움했다. 그러나 이러한 실제 상황과는 달리 소설과 소설 장르에 대한 정당한 이론적 고찰은 거의 없다시피 했다. 19세기의 시학에서 소설 장르는 대체로 고대의 서사시와 대비되거나 서정시나 드라마에 대비되어 잡종 장르나 저급한 장르로 간주되었다. 헤겔은 자신의 미학에 소설 장르를 독자적으로 취급할 수 있는 공간을 마련했지만, 그 역시 고대 그리스 서사시와 대립시켜서 소설을 '시민계급의 현대적 서사시'라고 정의하는 한계성을 면치 못했다.

이러한 상황하에서 루카치가 고대 그리스의 서사시를 돌이킬 수 없는 과거의 소산으로 보면서, 서사시와는 독립적으로 소설 장르를 '근대 시민사회에 적합한 문학적 표현'이라고 주장한 것은 적어도 독일에서는 소설 시학에 일대 전환점을 마련한 것이라고 할 수 있다. 1916년에 출간된 루카치의 초기 저작 『소설의 이론』에서는 소설을 가리켜 "삶의 포괄적 총체성이 더 이상 인지될 수 없는 시대의 서사시"라고 규정함으로써 아직도 헤겔적인 관념에 머물러 있긴 하지만, 소설에다가 독자적 존재 의의를 부여하기 위하여 서사시와 소설의 본질적 차이점을 명확히 규정했다. 즉 그에 의하면 서사시에서는 그 자체로서 완결된 삶의 총체성이 문제인 데 반하여 소설의 임무는 인물과 사건의 창조를 통해 삶의 숨겨진 총체성을 발견해 내고 그것을 완성해 나가는 것이라고 규정하고 있는 것이다.

19세기 후반의 독일 작가들은 괴테와 쉴러의 고전주의적 이상이 무너진 시대, 즉 '삶의 포괄적 총체성이 더 이상 인지될 수 없는 시대'를 산 작가들이었기 때문에, 그들의 최대 고뇌는 그들의 찬연한 문화유산인 칸트 및 괴테 시대의 독일 관념론 철학 내지는 독일 고전주의적 이상과 그들 시대의 각박한 현실과의 갈등 속에서 그들 나름의 새로운 인생의 총체성을 어디서 어떻게 찾느냐 하는 것이었다. 이러한 고전주의적 교양이상을 최후까지 견지하려 하면서도 동시에 더 이상 서사시가 아닌 미래지향적 서사문학으로서의 소설이어야 한다는 루카치적 요구를 독일 소설사에서 구체적으로 실현한 위대한 작가는 루카치에 의하면 바로 토마스 만이었다.

토마스 만은 「소설예술」에서 단테의 『신곡』, 호메로스의 『오디세이』, 세르반테스의 『돈키호테』 등의 예를 들면서, "서사시와 소설 간의 이론적·미학적 등급의 차이가 완전히 지양된" 서사문학 일반을 논하고, 노래되든 이야기되든 간에, 운문으로 씌어졌건 산문으로 씌어졌건 간에 그 통일성과 독자성에서 구현되는 영원히 서사적인 것 자체만이 문제가 된다고 말함으로써, 독일에서 150여 년간 견지되어 오던 서사시와 소설이란 적대적 형제개념을 타파하고 친화적 동일개념으로 승화시킨다. 이것은 독일 소설이 총체성의 추구라는 전통적, 서사시적 요청을 계승하면서도 새로운 모습으로 탈바꿈한 것을 의미한다.

루카치의 말대로 토마스 만이 19세기의 독일 산문문학을 이어받아 20세기 초반에 독일 문학을 세계적 수준으로 끌어올렸다면, 그것은 평생 그의 테마였던 생과 정신의 문제와 그 테마를 그림자처럼 따라다녔던 투철한 산문정신, 다름 아닌 그의 산문 특유의 아이러니가 있었기에 가능했을 것이다. 물론 여기서의 아이러니란, 단순한 기법에 그치는 것이 아니라 토마스 만 문학의 내용적 특성과 깊은 연관성을 지니고 있다.

서사시와 소설에 대한 지금까지의 간단한 고찰에서 토마스 만의 '아이러니'라는 말 앞에 왜 '서사적'이라는 수식어가 붙어 다니는지 어느 정도 설명이 되었으리라. 그렇다면 이제는 토마스 만의 서사적 아이러니에 대하여 구체적으로 살펴보기로 하자.

토마스 만은 아이러니에 대해 수많은 정의를 내렸지만, 그때마다 아이러니의 개념이나 아이러니에 대한 그 자신의 태도는 반드시 일정한 것이 아니었다. 『괴테와 톨스토이』라는 글에서는 아이러니란 "세상에서 비할 바 없는 가장 심오하고 가장 매혹적인 것"이라고 하기도 하고, 「유머와 아이러니」라는 글에서는 "아이러니보다 유머를 더 높이 평가"하기도 한다. 토마스 만 전문가 에리히 헬러 같은 학자는 토마스 만의 아이러니를 "아주 복잡한 단어"라는 단 한 마디 말로 압축하기도 했다. 앞에서도 언급했지만, 토마스 만의 아이러니는 삶과 정신, 시민성과 예술성이라는 상반된 두 요소를 전제로 하며, 아울러 이 두 요소의 내적 대립을 포함하고 있다. 그러나 그의 아이러니는 상반된 요소의 단순한 대립만을 의미하지는 않는다. '생과 정신의 세계관적·예술론적 대립 개념'으로서 그 내적 대립을 결코 소홀히 할 수 없다. 이와 같은 대립에서는 필연적으로 '곤경'이 나타나게 되는데, 이러한 '곤경'으로부터 일종의 '우월성'을 도출해 내는 것이 토마스 만의 아이러니라고 할 수 있다.

　예술가에게 있어서 창작이라고 하는 것은 이미 인간적인 것과의 '거리'를 전제로 하기 때문에, 예술가가 인간으로서 느끼게 되면 예술가로서의 기능은 소멸되고 만다. 삶에 대한 이러한 심미적인 거리는 니체가 아폴로적이라고 특징지은 것으로, 예술가가 어떤 대상을 묘사하기 위해서는 그 대상에 휩쓸리지 않고 객관적인 자세를 유지해야 한다는 것이고, 이를 위해서는 어느 정도 거리를 유지한 채 대상을 관찰해야 한다는 것이다. 그래서 삶과 그 삶을 비판하는 예술가의 정신에는 거리와 에로스라는 전혀 다른 요소가 동시에 작용한다. 즉 삶과 정신 등 모든 이원적 요소들이 때로는 서로 반발하고 때로는 서로 끌어당기면서도 어느 한쪽으로 치우침이 없는, 그러한 양극단에 대한 자기유지 및 자기억제가 바로 토마스 만의 아이러니이다.

　다시 말해 삶과 정신은 서로 대립적인 성질을 가지지만, 그 양극성이 첨예화되지 않도록 삶과 정신 사이의 대립에 중간적이고 중재자적 입장을 취하는 것이 토마스 만 아이러니의 근본 자세인 것이다. 왜냐하면 아이러니는 언제나 양쪽에 대한 아이러니이며, 삶과 정신 그 양쪽으로 향해 있으며, 양쪽에 대해서

거리를 취하기 때문이다. 즉 아이러니는 중립의 파토스다. 중립은 또한 아이러니의 도덕이며 윤리다.

토마스 만에 의하면 예술가는 그 속성상 삶과 정신을 완전히 하나로 융합시킨다는 것은 불가능하기 때문에 양자가 서로 조화로운 병존관계를 유지하도록 해야 한다. 왜냐하면 삶과 정신의 관계는 에로틱하기 때문이다.

"삶도 역시 정신을 갈구한다. 성적性的 양극성이 명백하지는 않다 할지라도, 즉 하나는 남성원리로, 다른 하나는 여성원리로 기술되지 않는다 할지라도, 그 두 세계의 관계는 에로틱하다. 그것은 삶과 정신이다. 그 때문에 삶과 정신 사이에는 합일이 없고, 다만 합일과 타협의 도취된 짧은 환상만이 있다. 즉 해결책 없는 영원한 긴장만이 있는 것이다."

삶과 정신의 관계가 에로틱하다고 할 때, 이 말은 결코 한편은 남성적이고 다른 한편은 여성적일 수 있는 성적 양극성 위에서 에로틱한 것이 아니라, 합일이 없고 영원한 긴장만 있는 내적 대립의 의미로 에로틱한 것이다.

‘곤경’으로부터 일종의 ‘우월성’을 도출해 내기 위한 토마스 만의 아이러니에 대하여 그 스스로도 수많은 정의를 내렸는데, 이것은 그가 얼마나 아이러니에 각별한 애정을 가졌는가를 보여 준다. 이 말은 ‘아이로니컬하게도’ 아이러니에 대한 한마디의 정의는 거의 불가능하다는 것을 암시하고 있기도 하다. 아이러니를 정의하기 위한 그의 노력은 이제 ‘거리’와 ‘객관성’ 그리고 ‘유보’까지도 언급하기에 이르는데, 이에 대하여 토마스 만은 「소설예술」에서 다음과 같이 말하고 있다.

　“서사예술은 사물에 대하여 거리를 취하며, 그것의 본성상 사물에 거리를 갖는다. 서사예술은 사물 위에 떠서 사물을 내려다보고 미소 짓는다. 동시에 그것은 귀를 기울이고 있는 청중이나 독자를 그토록 이들 사물 속에 걸려들게 해서 옭아매는 것이다. 서사예술은 미학적 용어를 빌려 말하자면 ‘아폴로적인’ 예술이다. 왜냐하면 과녁을 멀리까지 쏘아 맞추는 신 아폴로야말로 먼 곳의 신, 거리의 신, 객관성의 신, 즉 아이러니의 신이기 때문이다. 객관성이란 아이러니이며, 서사적 예술정신은 아이러니의 정신이다.”

위의 인용문에서 서사예술이 서술의 대상에서 일단 거리를 취한다는 것은, 그 대상을 일의적—義的인 것으로 규정하지 않고 다의적多義的으로 보고자 하는 것이다. 이것은 토마스 만 아이러니의 중대한 특성으로서, 그의 문장이 단순한 사실성에 그치지 않고 상징성을 띠게 되는 이유이다. 나아가서는 그의 작품 전체가 생의 일단면을 묘사하는 것이 아니라 복잡한 관련성 속에 얽혀 있는 인생의 총체성을 제시하게 되는 이유이기도 하다.

객관성이 곧 아이러니라는 표현은 낭만주의적 아이러니의 주관성과 서로 배치되는 감이 없지 않다. 왜냐하면 토마스 만스스로 밝히고 있듯이, 아이러니는 객관성의 반대이자 최고의 주관적 태도이며, 또한 모든 고전주의적 고요와 객관적인 것을 그 적으로 대치하고 있는 낭만주의 특유의 자유분방한 생활태도의 요소이기 때문이다. 그러나 여기서 토마스 만이 생각하는 아이러니란, 비록 낭만주의의 주관성에서 아이러니라는 용어를 차용했지만 낭만주의적 아이러니보다 훨씬 더 광범위한 개념으로서 대상 자체의 사실적 관찰(소위 객관적 묘사)보다 한 차원 더 높이 올라선 포괄적·조감적 시점의 확보를 뜻한다.

그래서 토마스 만은 객관성의 의미를 그답게 자세히 부연 설명하면서 아이러니를 "그것은 엄청난 느긋함을 지닌 의미입니다. 즉 그것은 **예술** 자체의 의미라고 할 수 있는 것입니다. 이러한 의미의 아이러니란 모든 것의 긍정인 동시에 다름 아닌 이러한 긍정으로서 또한 모든 것의 부정입니다. 그것은 태양처럼 밝고 맑게 전체를 감싸 주는 시점이고, 이것이야말로 진정한 예술의 시점이며, 최고의 자유와 안정을 주며 어떠한 도덕주의에 의해서도 흐려지지 않는 객관성의 시점입니다"라고 규정하고 있다. 그리고 괴테의 시점도 이러한 것이었으며, 또한 괴테는 아이러니에 대해 도저히 잊을 수 없는 다음과 같은 명언을 남겼다고 쓰고 있다. "아이러니는 소금알이다. 이것을 통해 비로소 상에 오른 음식 모두가 먹을 만하게 되는 것이다."

토마스 만은 또 아이러니를 '유보, 미결정 또는 우유부단'이라고도 정의했다.

"단호한 태도는 아름답다. 그러나 실질적으로 성과가 있고, 생산적이며 예술적인 원리를 우리는 유보라고 한다. 우리는 정신의 활동으로서의 유보를 아이러니로서 애호한다. 양쪽으로 향해 있는 아이러니, 그것은 비록 진심이 없는 것은 아니지만, 교활하며 구속받지 않고 대립 사이를 유희하며, 또한 편들어 결정을 내리는 데에 특별히 서두르지도 않는다. 목표는 결정이 아니라 조화이다. 영원한 대립이 문제가 된다면 그 조화는 무한대에 있을 수 있겠지만, 그러나 아이러니라고 불리는 저 유희하는 유보는 그 조화를 자기 내부에 지니고 있는 것이다. 마치 비난이 그 해결을 자기 내부에 지니고 있는 것처럼."

『마법의 산』에서는 세템브리니와 나프타 사이에서 두 사람 모두에 대해 계속 유보적 입장을 취하는 주인공 한스 카스토르프의 태도가 아이러니적인 것이라 할 수 있다. 그래서 유보로서의 아이러니는 미결정된 긍정 그리고 미결정된 부정으로서 나타난다. 다른 말로 표현하자면, 아이러니에서의 부정은 동시에 지양된 긍정으로 간주되며, 아이러니에서의 긍정은 지양된 부정으로 간주된다. 여기에서 '아이러니는 중립의 파토스'라는 말이 이해되는 것이다.

이상에서 아이러니를 살펴보았지만, 또 하나 간과해서는 안 될 것은 바로 아이러니와 유머의 포괄적 개념 정의이다. 왜냐 하면 문학사적 맥락으로 볼 때는 아이러니보다는 유머가 주로 문제가 되어 왔기 때문이다. 그러나 여기서는 유머의 간단한 인용만으로 토마스 만에게 있어서 아이러니의 중요성 못지않은 유머의 중요성을 강조해 두고자 한다.

"내 생각에 아이러니는 독자 혹은 듣는 이에게 모종의 지적 미소라고 말하고 싶은 그러한 미소를 불러일으키는 예술정신인 것 같다. 그 반면에 유머는 내가 예술의 효과로서 개인적으로 더 높이 평가하고 나의 고유한 작품들의 효과로서 아이러니를 통해 생성되는 에라스무스적인 미소보다 더 기꺼이 반기는, 마음으로부터 솟구쳐 나오는 웃음을 보여 준다."

토마스 만은 유머적인 것을 서사적인 것과 동일시했고, 유머의 작가로 불리기를 원했다. 그는 유머적인 요소를 입증하는 데에는 별 어려움이 없다고 하면서, 그의 작품 중 『요셉과 그 형제들』과 『사기꾼 펠릭스 크룰의 고백』에서의 야콥과 크룰을 그 예로 들고 있다. 또한 토마스 만은 유머적인 방식을 아이러니적 방식과 거의 동일시했고, 아이러니는 품위와 정신 면에서 유머를 능가한다는 상반된 발언을 하기도 했다.

그래서 토마스 만의 작품을 고찰하고자 할 때, 그의 아이러니 개념의 파악은 반드시 선행되어야 할 과제이다. 그러나 후기작품으로 넘어갈수록 아이러니보다는 유머 쪽으로 더 가까워지고 있는 것도 사실이다. 이것은 아마도 그의 작가적 성숙이 점점 괴테에게로 무한히 다가가고 있는 증거라고 볼 수도 있을 것이다.

3. 토마스 만의 작품세계

토마스 만의 작품세계에서 그 중요한 본질을 한마디로 이야기하자면, 생과 예술의 갈등이며 이원성의 문제이다. 다만 삶과 정신, 자연과 정신, 관능과 지성, 개체성과 일반성 등등으로 표현할 수 있는 이 이원성의 갈등과 극복 방식이 토마스 만의 전 작품에서 상이하게 나타날 뿐이다. 또한 토마스 만은 장편소설만 8편이 있을 정도로 엄청난 양의 작품을 썼기 때문에 그의 생애를 추적하여 전 작품을 논한다는 것은 토마스 만을 전공한 사람도 힘에 겨운 일일 것이다. 그럼에도 불구하고 그의 창작시기를 크게 다섯 단계로 나누어, 각각의 단계에 『부덴브로크가의 사람들』(1901), 『마법의 산』(1924), 『요셉과 그 형제들』(1943), 『파우스트 박사』(1947), 『사기꾼 펠릭스 크룰의 고백: 회상의 제1부』(1954)와 같은 장편소설들을 대입시키고 또 그 작품들의 형성배경을 알아본다면, 이것도 어느 정도 객관적인 시각에서 토마스 만의 전 작품세계를 조망할 수 있는 일이라 생각한다.

1) 1893-1914년: 예술성과 시민성의 갈등

토마스 만이 문학활동을 시작한 시기는 자연주의의 쇠퇴와 더불어 비합리적 물결이 쇄도한 세기 전환기였으며, 따라서 '세기말의 종말감정'과 '몰락감'이 당시의 어두운 분위기를 조성하고 있었다. '데카당스'라는 말로 집약되는 토마스 만 초기의 예술적 경향에는 예외 없이 삶과 죽음의 문제가 드러난다.

세기말의 암울한 데카당스적 분위기에서 학창시절을 보낸 토마스 만은 1882년 초등학교에 입학했다. 그러나 학창시절에 대한 토마스 만의 추억은 좋은 것이 아니었다. 그는 권위적인 학교운영자의 매너리즘을 비판했으며, 그들의 정신과 훈육, 수업 방법에 대해 반대 입장을 취했다.

1891년 토마스 만이 16세 되던 해 아버지가 사망하고 가업인 곡물상마저 파산해 버리자 어머니 율리아는 집을 팔고 다른 곳으로 떠날 준비를 시작했다. 채 마흔을 넘지 않은 나이였지만, 어머니는 재혼을 생각지 않고 오직 아이들 곁에서 살려고 했다. 그러나 남편이 죽고 옛집이 사라진 뒤로 협소한 뤼베크가 점차 답답하게 느껴졌고, 보다 탁 트인 자유로운 분위기 속에서 살고 싶어 했다. 이듬해 어머니 율리아는 뮌헨으로 떠났고, 토마스 만은 고등학교를 마치기 위해 뤼베크에 혼자 남았다.

17세의 토마스 만은 학교생활에 어느 정도 진척을 보였다. 여러 과목 중에서도 그는 음악과 문학을 특히 좋아했고, 시대사에 적극적인 관심을 가졌다. (당시는 독불전쟁의 승리로 프로이센 왕이 1871년 베르사유에서 독일황제가 되었음을 선포한 프로이센 패권의 시대였다. 전쟁에서의 승리는 독일의 통일을 가속화하여 독일제국이라는 새로운 통일국가를 탄생시켰다.) 그러나 토마스 만에게 학교는 더 이상 의미가 없었다. 수업 시간에는 마지못해 끝까지 앉아 있었지만, 저녁 시간의 대부분은 오페라 극장에서 보냈다. 고향도시 뤼베크의 오페라 극장에서 알게 된 리하르트 바그너 예술과의 만남은 후일 토마스 만 인생에서 예술적 주요사건이 되었다. 또한 이 시절에 『봄의 폭풍』이라는 교지를 창간하여 시와 비평문을 기고했다. 당시 그의 문학적 우상은 하인리히 하이네였다.

1894년 3월 토마스 만의 학창시절은 끝났다. 그는 고등학교 졸업을 포기하고 가족이 있는 예술의 도시 뮌헨으로 이주하게 되며, '죽음'의 세계라고 표현한 바 있는 '문학'의 세계에 마침내 발을 들여놓게 된다. (토마스 만은 그 후 40년 가까이 뮌헨에서 살았다.) 토마스 만은 몇 년 뒤 1901년 2월 13일 형 하인리히 만에게 보내는 편지에서 '문학은 죽음'이라고 표현한 바 있다. 좀 더 소개하면 다음과 같다. "아, 문학은 죽음입니다. 문학을 지독하게 증오하지 않고서 어떻게 문학에 사로잡힐 수 있는지 나는 도저히 이해하지 못할 것 같습니다! 내가 문학에서 배울 수 있는 최상의 궁극적인 교훈은 죽음을 하나의 가능성으로 파악하여 정반대의 것, 즉 삶에 도달해야만 한다는 것입니다. 나는 그날이 두렵습니다. 내가 다시 문학과 외롭게 하나가 될 날이 멀지 않습니다만, 그렇게 되면 이기적인 황폐함과 작위성만 급속히 늘어날까 두렵습니다." 또한 작품 「토니오 크뢰거Tonio Kröger」에서도 "문학은 결코 천직天職이 아니라 저주이다"라는 표현이 나타나고 있다.

아무튼 그해 1894년 최초의 단편 「타락Gefallen」을 『사회』지誌에 발표하는데, 그 내용은 한 순진무구한 젊은이가 어느 배우에게 반하여 그녀와 첫사랑을 나누지만, 그녀에게 애인 겸 후원자가 있다는 사실을 알게 되어 둘 관계가 깨어지고 만다는 다소 진부한 이야기이다. 하지만 바깥 이야기를 통해 속 이야기를 여러 가지 관점에서 재해석할 수 있게 만드는 틀이야기 구조에서 토마스 만의 아이러니 기법이 돋보이며, 또 "한 여자가 오늘은 사랑하기 때문에 넘어간다면, 내일은 돈 때문에 타락한다"라는 대목에서 이미 토마스 만의 미래 작품들이 제시할 갈등, 즉 삶과 예술의 대립문제가 뚜렷하게 부각된다.

1895년 7월 토마스 만은 당시 형 하인리히 만이 체류하던 이탈리아로 최초의 외국여행을 시도했다. 10월에 다시 뮌헨으로 돌아와 뮌헨대학교에서 역사, 미술사, 문학사 등을 청강하며, 1년 뒤인 1896년 말 『짐플리치시무스』지誌에서 간행된 단편 「행복에의 의지Der Wille zum Glück」를 탈고했다. 이 작품으로 토마스 만은 일약 문단의 인정을 받게 되었다. 작품의 무대가 북독일로부터 남독일로 옮겨 가는 것이나, 주인공의 외가가 남미의 농장 경영주인 것이나 모두 작가 자신의 경우와 비슷할 뿐만 아니라 주인공 파올로가 내면적이고 섬세한 감각의 예술가 기질인 점까지 그대로 작가 자신이 모델이 되어 있다. 한 병약한 화가의 사랑과 그 사랑을 획득하기 위한 집요한 의지, 그리고 행복을 얻은 직후의 파멸을 그의 친구의 보고를 통해 섬세하게 그려 낸 뛰어난 작품이다. 혼혈아로 태어난 특이한 성격의 예술가 주인공 파올로는 토니오 크뢰거의 경우와 흡사하고, 예술가의 생애를 동창생의 시각으로 그려 나가고 있는 서술형식은 후기 소설 『파우스트 박사』를 연상시킨다.

1896년 10월 그는 다시 이탈리아로 떠났는데, 우선 베네치아에 들른 후 로마를 거쳐 나폴리를 여행했고 마지막에 로마에서 형 하인리히와 재회했다. 1년 반 정도 함께 머문 이 기간에 두 형제는 돈이 없어서 고생한 것은 아니었다. 어머니는 아버지의 유서에 따라 할당된 유산의 몫으로 매달 두 사람에게 160-180마르크씩을 보냈다. 이 액수는 그들에게 그다지 많은 돈은 아니었지만, 근심 없이 생활하고 자유를 즐기기에는 충분했다. 이때 토마스 만은 베를린의 피셔출판사에서 발행하는 한 잡지에 그의 단편 「키 작은 프리데만 씨Der kleine Herr Friedemann」를 보냈다. 잡지사에서는 그 소설을 수락했을 뿐만 아니라, 그가 보관하고 있는 다른 소설 모두를 보내 달라고 요청했다. 토마스 만은 「환멸Enttäuschung」, 「어릿광대Der Bajazzo」, 「토비아스 민더니켈 Tobias Mindernickel」 등의 작품을 보내 주었는데, 출판인 사무엘 피셔는 이 소설들에 무척 만족해했고 오히려 장편소설을 쓰는 것이 어떻겠느냐고 토마스 만에게 권유했다. 여기서 토마스 만은 최초 장편소설 『부덴브로크가의 사람들』을 쓰기 시작했다.

1900년 토마스 만은 1년 만기 지원병으로 육군에 입대하지만 행군 도중에 발가락에 생긴 건초염으로 입대 3개월 만에 제대하게 된다. 이듬해 1901년 10월 '한 가문의 몰락'이라는 부제가 붙은 두 권짜리 장편소설 **『부덴브로크가의 사람들』** 초판이 나왔다. 세기의 전환점에 발표되어 노벨상 수상의 주요 대상으로 선정된 『부덴브로크가의 사람들』은 19세기 유럽의 정신사적 분석의 총결산이자 새로운 세기를 준비하는 도약의 작품이었다.

1903년 토니오라는 한 혼혈아를 통하여 시민사회의 국외자로서 고독하게 살아갈 수밖에 없는 한 예술가의 숙명을 그린 단편 **「토니오 크뢰거」**를 발표하고, 비슷한 시기에 그 주제 역시 시민성과 예술성의 또 다른 변주에 불과한 「트리스탄Tristan」을 발표한다. 주위의 소박한 세계를 그냥 두고 볼 수 없어서 자기 힘이 닿는 한 주변의 모든 것을 정화하고, 말로 드러내고, 의식하게 만들고 싶은 충동을 느끼는, 그러나 현실적으로 무력하고 우스꽝스럽기 짝이 없는 작가 슈피넬과, 예술과는 아무 상관없이 둔감하게 현실을 살아가는, 야비하지만 건전하고 당당한 시민 클뢰터얀 씨가 객관적으로 대비되고 있다. 토마스 만의 아이러니 수법이 특히 잘 드러나 있는 대표적 단편이다.

1905년 2월에 뮌헨대학교 수학 교수인 프링스하임의 딸 카챠 프링스하임과 결혼하여 그해 11월에 장녀 에리카 만이 출생한다. 1909년에는 독일의 어느 소공국을 무대로 하는 중편 『대공전하Königliche Hoheit』를 발표하여, 고독한 예술가적 존재를 사랑과 결혼으로 삶의 세계와 손잡게 한다. 1911년 5월 휴양지에서 존경해 오던 작곡가 구스타프 말러Gustav Mahler의 서거 소식을 접한 것을 경험으로 「베네치아에서의 죽음Der Tod in Venedig」을 쓰기 시작하여 이듬해 발표한다. 이것은 토마스 만의 초기 작품 중 가장 긴 단편소설로서 과거의 작품들과는 달리 피셔출판사가 아니라 히페리온출판사에서 간행되었다. 이 소설은 피로에 지친 작가가 우연히 뮌헨의 공동묘지에서 낯설고 기이한 남자를 만나는 데서 시작된다. 주인공 아쉔바흐는 그의 모습을 보고 갑자기 뮌헨을 떠나 어디론가 여행하고 싶은 욕구를 느낀다. 이윽고 그는 베네치아로 여행을 떠난다. 창작활동에 몰두하는 윤리적인 가치관의 소유자였던 그는 미의 관념에 사로잡혀 본래 자신의 인격적인 개성을 무기력하게 상실해 버리고 폴란드계 미소년 타치오를 사랑하게 된다. 결국 갑자기 밀어닥친 전염병 페스트로 인한 죽음의 종말이 사회에서의 패배로부터 그를 구원하게 된다. 물론 아쉔바흐가 심장마비로 죽었는지, 아니면 전염병의 희생자가 되었는지는 단정하기 어렵다. 여기서 토마스 만은 자기 자신을 포함한 예술가에게 비판을 가하고, 나아가서는 '빌헬름 시대' 독일의 군인정신 및 프로이센적 도덕주의가 지니는 위험성을 비판하며, 아울러 제1차 세계대전 직전 독일사회의 분위기와 경직된 도덕규범에 대해서도 지적하고 있다.

2) 1915-1925년: 위기와 새로운 출발
— 조화 모색과 생의 긍정

1915년 보수적 견해를 피력하는 에세이적 논설문 「프리드리히와 대동맹」을 발표했고, 이어 『한 비정치적 인간의 고찰』의 집필에 들어가 이 작업에 꼬박 2년간 몰두했다. 600쪽이 넘는 대단한 분량의 저작이 1918년 10월 완성되었다. 프랑스적 민주주의나 문명개념을 독일의 문화개념과 대립적인 관점에서 서술한 방대한 저작 『**한 비정치적 인간의 고찰**』은 토마스 만 사상의 한 전환점이자 작가 생활의 요약인 동시에 과거와의 작별이었다. 앞서 이야기했듯 이 저작이 나오기 전까지 토마스 만은 현실의 사건들과는 동떨어진 예술가였으나, 이제는 여러 면에서 유명한 정치적 저널리스트였다. 비록 자신은 정치와의 관계를 완전히 부정했지만 말이다. 이로써 진보적 사고를 지녔던 형과의 불화가 본격적으로 시작되었다.

1922년 소설 『사기꾼 펠릭스 크룰의 고백: 어린 시절의 책』을 출간했고, 보수적 정치관을 지양하는 「독일적 공화국에 대하여」라는 강연을 하면서 독일 청년층에 민주주의 지지를 호소한다. 이후 바이마르 공화국의 문화사절 자격으로 국외로 강연여행을 다니는데, 이때 형 하인리히와의 형제논쟁이 그 해결점을 찾게 된다.

1924년 전쟁으로 집필이 중단되었던 대작 『**마법의 산**』이 출간된다. 낭만주의적인 '죽음에의 공감'을 민주주의적인 '삶에 대한 호의'로 변화시키는 정신의 변형을 완성한 것이 이 시기 토마스 만 작품의 특징이었다.

3) 1926-1943년: 인간성의 이념

1926년에 이루어진 토마스 만의 두 번의 여행, 즉 프랑스 수도 파리와 고향도시 뤼베크로의 여행은 특별히 언급할 가치가 있다. 프랑스 지식인단체는 '인간성의 이념에 근거한 독일의 정신적 경향'에 대한 강연을 위해 토마스 만을 초청했고, 뤼베크에서는 한자도시의 항구 700주년 기념식에 연사로 그를 초청했던 것이다. 이후 2년 동안 성서적 연작소설에 침잠하면서, 구약성서 중의 창세기에서 그 소재를 찾은 4부작 장편소설 『요셉과 그 형제들』을 집필하기 시작한다. 1929년 스웨덴 한림원에서는 『부덴브로크가의 사람들』로 노벨 문학상을 수여하지만, 토마스 만은 『마법의 산』이 없었으면 노벨상을 받지 못했을 것이라고 생각한다. 이듬해 이탈리아의 무솔리니와 히틀러를 비판한 단편 「마리오와 마술사Mario und der Zauberer」를 출간하는데, 여기서는 이탈리아의 어느 해수욕장 공연에서 일어난 우발적 살인사건이 그려진다. (토마스 만은 실제로 1927년 이탈리아에서 그런 공연에 참석한 바 있다.) 관객이 가득 찬 홀의 무대 위에서 기형적으로 허리가 구부러지고 몹시 추하게 생긴 마술사 치폴라가 재주를 부린다. 이 악한은 관객에게 마술을 부려 그의 의지에 복종시키고, 실험대상자를 웃음거리로 만들거나 굴욕에 빠뜨린다. 치폴라는 최면술과 교묘한 설득력으로 관객을 압도함과 동시에, 홀 안에 휙휙거리는 소리가 들릴 정도로 채찍을 휘두른다. 마지막에 가서 이 사기꾼은 선량한 급사 마리오를 무대로 데려와 그를 최면상태에 빠뜨린 뒤, 자신의 명령에 따르도록 강요하여 관객을 만족시킨다. 마리오는 채찍 소리에 문득 깨어나 두 발의 총탄으로 치폴라를 살해한다. 이상의 줄거리에서 그 내용을 분석해 보면, 해변에서 마술을 부리고 있는 주인공 치폴라는 바로 독재자의 화신이며, 관객을 지배하고 모욕하는 그의 채찍은 바로 이탈리아나 독일의 정치적 테러리스트들이 국민을 지배하는 수단으로 이해할 수 있다. 그리고 마리오가 쏜 두 발의 총탄은 인간성을 모독한 독재자에 대한 민중의 항거로 해석된다. 토마스 만은 이미 1922년경부터 바이마르 공화국과 민주주의를 옹호하고 나섰지만, 이 작품으로써 비로소 자신의 정치적 개안을 문학적으로 형상화하기 시작했다.

괴테 서거 100주년인 1932년에 즈음하여 토마스 만은 「시민 시대의 대표자로서의 괴테」, 「작가로서의 괴테」라는 강연을 하면서 인류애의 고귀함을 역설한다. 이듬해 1월 히틀러가 독일 수상이 되자, 뮌헨대학교에서 「리하르트 바그너의 고뇌와 위대성」이라는 제목의 강연을 한 후 국외로 강연여행을 떠난 채 망명한다. 스위스 취리히 호반에 거처를 정한 후, 당분간 정치적 활동을 자제했기 때문에 다른 망명 문학가들의 오해를 받기도 했다. 나치 정권에 대한 토마스 만의 첫 공개적 반박은 1935년 4월 니스에서 개최된 '지식인 연합 위원회' 회의석상에서 「유럽이여, 경계하라!」라는 제목으로 그 포문을 열었으며, 연이어 이듬해 6월에는 부다페스트에서 「인문학과 휴머니즘」이라는 제목으로 '자유의 살해자에 대한 비판과 강건한 민주주의의 필연성', 즉 진보에 대한 능동적 옹호가 필연적인 이유를 강도 높게 피력했다.

1933년 이후 4부작 연작소설 『요셉과 그 형제들』의 1-3부가 각각 '야곱 이야기', '청년 요셉', '이집트에서의 요셉'이라는 부제로 1-2년 간격으로 발표되었는데, 이 작품에 대해 빈과 프라하, 부다페스트 등지의 신문논평들은 매우 우호적이었지만, 독일의 언론계에서는 기사화하지 않았다. 토마스 만은 이제 마지막 4부를 쓰기만 하면 되는 것이었지만, 다른 책을 너무 쓰고 싶어서 그 계획을 당분간 유보하지 않을 수 없었다. 결국 마지막 4부는 1943년에 가서야 '부양자 요셉'이라는 부제로 출간되었다. 이 4부작 '요셉 소설'을 완성하기까지 토마스 만이 순수 집필에 바친 시간은 1926년 12월부터 1943년 1월까지 가운데 13년이었다. 물론 괴테를 패러디한 『로테, 바이마르에 오다Lotte in Weimar』와 인도의 전설을 빌려 삶과 정신의 조화로운 합일이라는 이상 실현의 어려움을 나타낸 「뒤바뀐 머리Die vertauschte Köpfe」를 쓴 1936년 8월부터 1940년 8월까지가 제외된 기간이다.

이 4부작의 중심내용을 이루고 있는 것은 구약성서 창세기 25장부터 50장까지의 이야기이다. 야곱의 이야기부터 시작하여, 야곱의 아들 요셉이 기구한 운명을 겪으면서 죽음의 나라 이집트에서 세속적인 성공을 거두고, 드디어 어릴 적에 자기를 우물 속에다 집어 던졌던 형제들과 늙은 아버지 야곱을 만나 극적이며 감동적인 재회를 하게 될 때까지의 이야기이다. 토마스 만은 창세기 이외에도 수많은 사건이나 신화적 모티브를 작품 속에 끼워 넣어 총 4권 분량의 일대 대서사시를 완성했다. 또 이 이야기는 인간 존재의 원형을 그린 것으로 볼 수 있다. 즉 선과 악이라는 이원적인 대립을 숙명적으로 지닌 인간 존재가 어떻게 하면 그것을 조화시킬 수 있고, 또 원죄를 극복하고 구제의 길로 나아갈 수 있는가 하는 것이다. 토마스 만은 나치스의 무기로 이용되어 왔던 신화를 파시즘의 손에서 탈피시켜 철저히 인간화하려는 의도가 있었고, 또 나치스의 반유태 감정 속에서 유태 정신의 소설을 쓴다는 것을 미리 구상했다고도 볼 수 있다. 아무튼 여기서 주목해야 할 것은 이 '요셉 소설'을 집필한 16년간이 토마스 만에게 있어서 가장 불안하고, 힘들고, 파란만장했던 시기라는 점이다. 하지만 그렇다고 해서 이 작품에 시대의 혼란과 작가의 비참한 상황, 즉 파시즘과의 투쟁이라는 현실의 극한상황을 암시해 주는 내용을 담지는 않았다. 단지 구약성서를 소재로 하여 어두운 과거의 심연에서 인간의 근원적인 상을 탐구하고 또 인간성의 존엄과 이에 대한 확신으로 일관되어 있을 뿐이다. 다시 말해 이 대서사시는 인간에 대한 찬가 이외 아무것도 아니다. 이 작품은 일종의 축제와도 같은 유희, 경건한 속임수라고도 말할 수 있는 아이러니, 그리고 갑자기 사람들을 미소 짓게 하는 유머로 채색되어 있는 작품인 것이다.

토마스 만은 세 개의 대표소설, 즉 20대 후반에 쓴 『부덴브로크가의 사람들』, 50대에 쓴 『마법의 산』, 그리고 70대에 접어들면서 완성한 『요셉과 그 형제들』, 이 세 소설을 스스로 평가하면서 처음 것은 독일 소설이었고, 두 번째는 유럽 소설, 그리고 세 번째는 신화를 토대로 유머러스하게 그려 낸 인간에 관한 소설이라고 말하며, 이것은 보다 풍요롭게 전개되어 간 정신의 성장 과정이라 할 수 있다고 어느 한 편지에서 밝힌 바 있다.

1940년에 발표된 「뒤바뀐 머리」는 인도 설화의 패러디로, 인도의 전설을 빌려 삶과 정신과의 조화적 종합이라는 이상 실현의 어려움을 나타내고 있다. 그 내용을 보면, 총명한 두뇌의 소유자 슈리다만은 귀족계급인 브라만의 자손이지만 육체는 다만 두뇌의 부속물에 지나지 않는다. 반면 대장장이이자 양치기인 난다는 혼혈아이며 단순하고 쾌활하지만 머리는 그 육체의 부속물에 지나지 않는다. 이 두 친구는 서로의 장점을 좋아하고 부러워하지만, 그 동네의 양치기이자 무사의 딸인 미모의 지타와는 삼각관계를 맺고 있다. 지타는 슈리다만과 결혼하여 아이까지 임신하면서도 생명력이 왕성한 난다의 육체를 잊지 못한다. 이러한 힘든 상황에서 먼저 슈리다만이 목을 매 자살하고, 그다음에는 난다가 자신의 목을 맨다. 성스러운 여신 칼리는 두 친구의 머리와 몸을 합체시키지만, 슈리다만의 머리를 난다의 몸에 그리고 난다의 머리를 슈리다만의 몸에 서로 바꾸어 결합시키는 과오를 범한다. 육체가 뒤바뀐 슈리다만은 이제 난다의 머리와 자신의 육체가 결합된 난다에게 애정을 품게 된다. 마침내 슈리다만과 난다는 혈투를 벌이고 각자가 자살함으로써 종말을 맺는다. 뒤이어 지타 역시 두 사람을 따라 자살한다. 이 삼각관계는 당사자 세 사람 모두의 죽음으로 해결될 수밖에 없었다.

이 시기에 토마스 만은 히틀러 타도를 위해 영국 BBC 라디오 방송에서 제안한 「독일 청취자 여러분!」이라는 제목의 논평을 4년 6개월 동안 매월 한 번 정도 방송하며, 독일 국민들에게 히틀러 정권의 비민주성과 비인간성을 호소한다. 처음에는 전신으로 런던에 중개된 그의 연설을 BBC의 독일인 방송자가 낭독했다. 그러나 나중에는 그것이 미국에서 레코드판으로 녹음되고 전화로 런던에 발송됨으로써, 영국 라디오 방송에서는 대본뿐만 아니라 작가의 육성이 흘러나오게 되었다. 토마스 만은 방송료를 '영국 전쟁구조협의회 프린스턴 위원회'에 기탁했다. 그의 첫 번째 연설은 1940년 10월 10일에 방송되었으며, 매번 '독일 청취자 여러분!'이라는 전통적인 인사말이 서두를 장식했다. 연설을 할 때 그의 논조와 태도는 아이러니의 거장답지 않게 아주 결연했다.

4) 1944-1950년: 파우스트 시대

토마스 만은 1944년 미국 시민권을 획득하고, 프랭클린 루스벨트 대통령의 선거 참모 역할을 하게 되며 루스벨트는 그해 11월 대통령에 당선된다. 1945년과 1946년 사이에 사방에서 요청해 오는 사회적 의무와 강연으로 토마스 만은 완전히 지쳐 있었다. 그러나 이 시기에 그는 아도르노와 토론 및 논의를 계속 진행했는데, 왜냐하면 당시에 『파우스트 박사』 소설의 한 부분, 즉 순수 음악적인 성격의 장을 집필하고 있었기 때문이었다. 마침내 1947년 초 『파우스트 박사』 소설이 완성된다. 이 작품에서는 1587년의 민중본에서 출발한 파우스트 모티브의 수백 년 전통이 새롭게 파악되고 변형되며 해석된다. 소설은 자서전 형식이며, 독일의 작곡가 아드리안 레버퀸의 삶을 기록하는 일기 형식으로 되어 있다. 파우스트라는 독일의 전형적인 인물을 천재 음악가로 형상화하면서도 그가 악마와 결탁하여 몰락하는 비극을 그려 추상적이고 신비적인 독일 혼을 파헤쳤으며, 또 나치즘이라는 악마적인 비합리주의가 독일에 대두하게 된 원인과 과정을 예리하게 묘사했다. 토마스 만의 소설에서 음악은 언제나 몰락의 사자로서 계시된다. 그럼에도 불구하고 이 소설에서 음악이 주도적 역할을 하는 데는 다른 이유가 있다. 그는 음악을 독일의 국가 성격에 상응하는 전형적 예술로 파악한다. 독일과 세계의 관계는 언제나 음악적인 관계, 즉 추상적·신비적 관계라는 것이다. 따라서 음악적 요소는 독일적 요소와 결합된다. 아드리안 레버퀸의 이야기는 정치적 의미나 정신적 의미에서 독일의 문제성, 특히 독일과 세계의 관계 및 20세기의 독일적 상황과 연관된다. 『파우스트 박사』는 작곡가의 삶을 서술함과 동시에 음악적 창조의 본질을 관통하고 있다는 의미에서는 음악에 관한 소설이지만, 20세기 독일적 상황과의 연관하에서는 독일인들에 관한 소설이다.

토마스 만은 『파우스트 박사』를 가리켜 지난한 노력과 엄청난 고통의 대가를 치른 가장 험난한 책이라고 했으며, 또 그가 가장 사랑한 책이었다고 했다. 그 이유는 무엇보다 70세의 토마스 만이 결코 잊지 못할 일종의 열광과 열정으로 그의 인생, 그 자신의 깊숙한 내면으로부터 가장 많은 시간을 바쳤기 때문이었다. 심지어 그는 "나는 이 책만큼 애착을 갖는 것은 없습니다. 이 책을 좋아하지 않는 사람을 나 역시 좋아하지 않을 것입니다. 나는 이 책에 나타나는 고도의 영적 긴장에 민감하게 반응하는 사람에게는 지대한 감사를 표하고자 합니다"라고 고백하기도 했다.

1948년 여름 토마스 만은 이 작품을 다시 잡고 「파우스트 박사의 성립」이라는 연대기를 쓰기 시작했다. '소설의 소설'이라는 부제를 지닌 이 책을 그는 단 3개월 만에 탈고했다. 이 연대기는 『파우스트 박사』의 생성 과정 및 계획, 형상화에 대해 보고하는 일기이다. 물론 소설에 대한 보고가 연대기의 모든 것은 아니다. 거기에는 토마스 만의 가족과 친구들에 관한 언급도 들어 있다.

『파우스트 박사』가 출간되자 그 즉시 호평을 아끼지 않는 평론들이 나왔고 그 반향도 굉장했지만, 음악가 아널드 쇤베르크와의 논쟁은 흠으로 남는다. 쇤베르크는 『파우스트 박사』에 나오는 주인공의 이야기가 자기의 권리를 침해한다고 생각했다. 쇤베르크는 토마스 만이 아드리안의 작곡들을 자신의 음악 양식인 12음계 기법 위에서 구성하고 있으면서도 이 음악체계의 원조 창시자의 이름을 거명하지 않았다는 이유로 거세게 항변했던 것이다. 비슷한 연배의 이 두 사람은 나중에 공개적 화해의 기회를 가지려고 했지만, 작곡가 쇤베르크가 그만 77세의 나이로 세상을 떠나는 바람에 결국 그 기회는 무산되었다.

5) 1951-1955년: 에로틱과 예술의 사회적 의무

1951년 발표된 『선택받은 사람』은 '착한 죄인' 설화의 아이러니적 해석이자 중세에 성립된 오이디푸스 동기의 기독교적 패러디이다. 즉 중세문학의 패러디이다.

주인공 그레고르는 부모의 버림을 받아 조각배의 작은 통 속에 갇혀 바다에 내던져진다. 어느 어부가 고기를 잡다가 아이를 발견하여 구한다. 그레고르는 가난한 사람들 사이에서 살아가며 반듯한 청년으로 성장한다. 그는 근처의 수도원 원장에게 교육도 받는다. 마침내 그는 자신의 부모에 대한 비밀을 전해 듣고, 곧장 부모를 찾으러 세상에 나간다. 그레고르가 어느 성에 도착했을 때, 그 도시는 전쟁 중이었다. 로저 공작이라는 자가 이 성의 주인에게 청혼을 거절당하여 벌이는 전쟁이었다. 그레고르는 이 나라를 해방시키고 로저 공작을 죽인 뒤 20살 연상의 이 여인과 결혼한다. 그로부터 3년 뒤 부부가 두 번째 아이의 탄생을 기다리고 있을 때, 그레고르는 자기가 이 여인의 남편이면서 또 아들이라는 사실을 알게 된다. 이때 죄인은 함께 있기를 원하는 아내를 떠나 무인도로 들어가 고독 속에서 참회한다. 결말 부분에 가서는, 이 성스러운 남자 그레고르의 면전에 늙은 부인, 즉 그의 어머니이자 전처가 나타나 속죄를 청한다. 소설은 죄에서 은총의 길을 발견한 남자가 세계 및 신과 화해하는 장면으로 끝을 맺는다.

『선택받은 사람』은 동화의 세계를 서술하는 것은 아니지만 어딘지 모르게 동화의 경계에서 운동하는 듯한 설화의 형식을 취하고 있다. 『선택받은 사람』의 과정은 죄를 통한 고양, 즉 카오스(혼돈)를 통한 코스모스(질서)를 향해 이루어진다. 물론 소설의 결말은 화해, 즉 아들과 어머니, 죄인과 신, 인간과 세계 사이의 화해인 것이다. 그레고르에 관한 책은 내용과 문체에서 미래를 주시하거나 어떤 새로운 전망을 여는 것이 아니라, 과거를 주시하고 재생하는 아이러니적 작품이다. 이 작품은 그 자체를 원초적 설화, 문화와 사고방식의 마지막 해석으로서 고찰하는 아이러니로 충만해 있다. 토마스 만은 "모든 의미에서 이『선택받은 사람』이 나의 후기작품"이라고 칭한다.

1953년에 발표한 단편소설『기만당한 여인』에서 토마스 만은 다시 '삶'과 '죽음' 사이의 복합관계에 대한 실마리를 끌어내었다. 작품은 제1차 세계대전이 끝난 중부도시 뒤셀도르프를 무대로 한다. 시대적 배경은 1920년대이다. 50세의 주인공 로잘리에는 10년 전 육군 중령이었던 남편이 전사하자 그때까지 살던 산업도시 두이스부르크를 떠나 뒤셀도르프로 이사해서, 30세의 딸과 성장한 아들과 함께 전형적으로 시민적인 삶을 살고 있다. 그녀는 열렬한 자연 애호가로, 자연에 대한 사랑이 각별하다. '자신이 지닌 육체적 여성의 소멸'로 고통받는 이 아름답고 삶의 욕망이 강한 여자는 아들의 영어 가정교사인 미국 청년 켄 키튼을 짝사랑하게 된다. 사랑에 빠진 로잘리에에게 어느 날 기적 같은 일이 벌어진다. 폐경 상태였던 그녀에게 다시 한번 월경이 찾아온 것이다. 로잘리에는 사랑이 이룩한 자연의 기적으로 청춘이 다시 돌아왔다고 믿는다. 얼마 뒤 함께 나선 가족 나들이에서 로잘리에는 미국 청년 켄에게 사랑을 고백하고, 켄의 거처에서 따로 만나기로 약속한다. 그러나 그날 밤 그녀는 심한 하혈로 의식을 잃는다. 그녀가 믿었던 여성의 부활은 사실 더 이상 가망 없는 단계까지 진전된 자궁암으로 밝혀지고, 로잘리에는 몇 주 후 죽는다. 마지막 부분에 로잘리에가 딸에게 남기는 다음의 말은 의미심장하다. "죽음이 삶의 위대한 수단이고 또 그것이 나에게 소생과 에로틱의 형상을 부여한다면, 그것은 기만이 아니라 선이요, 은총이란다."

『선택받은 사람』의 발표 직후 토마스 만은 『사기꾼 펠릭스 크룰의 고백』을 다시 집필하기 시작한다. 이 **『사기꾼 펠릭스 크룰의 고백』**은 토마스 만의 다른 작품들에 비해 비교적 잘 알려지지 않았지만 몇 가지 특이한 점을 보여 준다. 집필기간이 무려 50년이라는 점과 자서전적인 고백의 형식을 취하고 있다는 점, 그리고 토마스 만이 남긴 마지막 작품이라는 점이다. 특히 중요한 것은, 토마스 만의 다른 모든 작품이 주도면밀한 가공에 따라 완결되어 출간된 데 반해, 이 작품은 세 번이나 미완의 단편으로 남아 있다는 것이다.

주인공 크룰은 『부덴브로크가의 사람들』의 주인공 하노처럼 몰락해 가는 세대의 마지막 후손이다. 주정꾼이자 지방의 난봉꾼인 크룰의 아버지는 저질 샴페인을 생산하는 양조장을 파산시키고 권총으로 자살한다. 크룰의 누이는 아버지가 죽은 뒤 무명의 오페라 가수가 되며, 어머니는 아들에 의해 '정신적 재능이 박약한' 여인으로 묘사된다. 크룰의 사기꾼 행로는 어린 시절에 사탕을 훔쳐 먹은 데서 시작된다. 성장한 크룰은 어느 날 파리로 여행을 하게 되는데, 그 여행 도중에 자기도 모르게 어느 부인의 보석을 갖게 된다. 그 부인의 귀중한 가죽상자가 뜻밖에도 크룰의 트렁크에 우연히 섞여 들어온 것이다. 파리에서 그는 사기꾼 경력의 절정에 도달한다. 이곳에서 크룰은 룩셈부르크 출신의 청년 베노스타 후작을 사귀게 되는데, 베노스타는 파리의 3류 배우에게 빠져 아버지의 돈을 낭비하고 있었다. 후작의 부모는 어울리지 않는 결혼을 막으려고 아들에게 세계여행을 시킨다. 그렇지만 사랑에 빠진 베노스타는 배우와

헤어지지 않기 위해서 자신의 신분을 크룰과 바꾼다. 크룰은 후작 신분이 되어 리스본을 향해 여행하고, 실제의 베노스타는 크룰로서 파리에 남는다. 포르투갈에서의 크룰의 사기꾼 행각이 소설의 마지막 내용을 이룬다.

주인공 크룰은 과감하게 세상에 뛰어들지만, 세상에 대해 시민적 방식으로는 봉사할 수 없는 젊은이이기 때문에 세상이 자신에게 빠져들도록 온갖 노력을 다한다. 그래서 토마스 만의 마지막 단편소설은 정신과 삶 사이의 조화원칙을 구체화한다. 여태까지의 주인공들은 자신을 둘러싼 세계에서 편안함을 느끼지 못했다. 그들은 예술 또는 예술의 사명에 헌신하기 위해 삶에 불성실하게 되고, 또 삶과 거리를 취하며 고독에 빠져들 수밖에 없었다. 그러나 크룰은 고등사기 행각을 더 높은 사명으로 삼고 그것을 쟁취한다. 크룰은 세계와 자기 자신을 조화시킨다. 토마스 만의 최종적 웃음은 아이러니적 웃음이다. 이 작품 역시 현대의 악한소설의 패러디이며, 토마스 만 스스로는 이 작품을 "루소와 괴테의 자서전에 대한 패러디"라고 했다.

지금까지 토마스 만의 작품세계를 그의 삶의 행적을 따라 추적해 보았다. 작품의 수가 워낙 많아서 나름대로 꼭 필요한 작품들만 선별했지만, 그것의 수도 만만치 않다. 아무튼 토마스 만 초기 작품에서의 '삶과 정신, 생과 예술의 갈등'은 '삶에 대한 친근함과 휴머니즘'으로, 나아가 '예술의 사회적 의무'로 승화된다. 토마스 만 문학의 특징은 한마디로 '아이러니'와 '아이러니적 기법'이라 할 수 있는데, 아이러니란 두 양극적인 세계에 대하여 항상 다 같이 거리를 두고 선호를 유보하는 비판적인 태도를 가리킨다. 이 아이러니는 토마스 만의 후기 작품에서는 그것을 어느 정도 극복한 유머(해학)의 면모로 옮겨 간다.

더불어 "직접 창조하지 않는 대신 자기 것으로 만드는 것" — 이것이 세계적인 작가 토마스 만 문학세계의 독특한 원칙이다. 작품의 소재와 테마, 모티브를 직접 창조하지 않는 대신, 독서나 여행 등을 통해 습득한 것을 메모하여 자기 작품에 편입시키는 일종의 몽타주 기법을 사용한다. 그렇다고 작품의 품격이 감소되는 것은 아니다. 오히려 이런 방식에서 자기 세대의 대변자가 될 수 있었고, 나아가 그의 문학이 '세계문학'으로 발돋움할 수 있었던 것이다.

토마스 만 연표

1875년   6월 6일 독일의 북부 항구도시 뤼베크에서 유복한 곡물상 아버지
        토마스 요한 하인리히 만(34세)과 어머니 율리아 만(23세) 사이의
        차남으로 출생. (널리 알려진 작가 하인리히 만Heinrich Mann이 그의 형
        이다. 형과는 네 살 차이. 또한 율리아Julia, 카를라Carla, 빅토르Viktor 등 세
        명의 동생이 있다.)

1877년   아버지가 시참사회 의원으로 선출됨.

1889년   카다리노임Katharineum 김나지움 입학.

1892년   아버지가 51세로 사망. 100년 이상 계속된 곡물 상회 해산.

1893년   월간 잡지 『봄의 폭풍Frühlingssturm』 간행.

1894년   고등학교 중퇴. 어머니와 가족의 뒤를 따라 뮌헨으로 이주. 화재
        보험회사의 수습사원으로 입사. 최초의 단편 「타락Gefallen」 발표.

1895년   수습사원을 그만두고 뮌헨대학교에서 역사, 미술사, 문학사 등을
        청강.

1896년   단편소설 「행복에의 의지Der Wille zum Glück」 발표.

1897년   형 하인리히 만과 함께 이탈리아로 여행을 가 1년 반쯤 머묾. 『부
        덴브로크가의 사람들Buddenbrooks』 집필 시작.

1898년   뮌헨으로 돌아옴. 『짐플리치시무스*Simplicissimus*』지誌의 편집부에서 일함. 최초의 단편집 『키 작은 프리데만 씨*Der kleine Herr Friede-mann*』 출간. 이 단편집 안에 「행복에의 의지」, 「환멸*Enttäuschung*」 등이 수록되어 있음.

1900년   『부덴브로크가의 사람들』 완성. 1년 만기 지원병으로 육군 입대. 3개월 만에 행군 도중 발가락에 생긴 건초염으로 제대.

1901년   『부덴브로크가의 사람들』 간행(처음에는 두 권으로 나옴). 이 작품의 출간으로 명성과 부를 함께 얻게 됨.

1903년   단편집 『트리스탄*Tristan*』 발표. 이 단편집 안에 「토니오 크뢰거 Tonio Kröger」 수록.

1904년   단편 「어떤 행복*Ein Glück*」, 「예언자의 집에서*Beim Propheten*」 발표. 희곡 「피오렌차*Fiorenza*」 완성.

1905년   단편 「힘겨운 나날들*Schwere Stunde*」 발표. 2월에 뮌헨대학교 수학 교수 프링스하임의 딸 카챠 프링스하임과 결혼. 11월 장녀 에리카 만 출생(1969년 사망).

1906년   희곡 「피오렌차」 출간. 장남 클라우스 만 출생(1949년 자살).

1909년   단편 「철도 사고*Das Eisenbahnunglück*」, 독일의 어느 소공국을 무대로 한 중편 『대공전하大公殿下, *Königliche Hoheit*』 발표. 고독한 예술가적 존재가 사랑과 결혼으로 삶의 세계와 손잡게 되는 내용. 차남 골로 만 출생(훗날 유명한 역사학 교수가 됨).

1910년   『사기꾼 펠릭스 크룰의 고백*Bekenntnisse des Hochstaplers Felix Krull*』

집필 시작. 차녀 모니카 만 출생. 누이 카를라 만 음독자살.

1911년 『사기꾼 펠릭스 크룰의 고백』 집필 중단. 단편 「베네치아에서의 죽음Der Tod in Venedig」 집필 시작.

1912년 폐렴 때문에 스위스 다보스에서 요양 중인 아내를 방문. 죽음에 매혹되어 몰락하는 예술가의 비극을 묘사한 「베네치아에서의 죽음」 발표.

1913년 장편소설 『마법의 산Der Zauberberg』 집필 시작.

1914년 뮌헨 포싱어가街 1번지의 저택에 입주. 8월 1일 제1차 세계대전 발발.

1915년 『마법의 산』 집필 중단. 보수적 견해를 피력하는 에세이적 논설문 「프리드리히와 대동맹Friedrich und die große Koalition」 발표. 이어 『한 비정치적 인간의 고찰Betrachtungen eines Unpolitischen』 집필.

1918년 제1차 세계대전 종결. 프랑스적 민주주의나 문명개념을 독일의 문화개념과 대립적인 관점에서 서술한 방대한 저작 『한 비정치적 인간의 고찰』 출간. 이로써 진보적 사고를 지녔던 형과의 불화가 본격적으로 시작됨(형제논쟁). 이 싸움의 전개 과정에서 토마스 만 은 차츰 자신의 보수주의의 허점과 시대적 낙후성을 깨닫게 됨. 삼녀 엘리자베트 만 출생.

1919년 단편 「주인과 개Herr und Hund」 발표. 본대학교에서 명예박사학위 취득. 국내외적으로는 베르사유 조약이 체결되고 바이마르 헌법 이 제정됨. 『마법의 산』 다시 집필.

1920년   서사시 「어린아이의 노래Gesang vom Kindchen」 발표.

1922년   평론집 『괴테와 톨스토이Goethe und Tolstoi』 출간. 보수적 정치관을
         지양하는 「독일적 공화국에 대하여Von Deutscher Republik」라는 강연
         을 하면서 독일 청년층에 민주주의 지지를 권함. 이후 바이마르
         공화국의 문화사절 자격으로 국외로 강연여행을 다님. 형 하인리
         히 만과 화해.

1923년   「독일적 공화국에 대하여」 출간. 3월 어머니 사망.

1924년   장편소설 『마법의 산』 출간.

1925년   단편 「무질서와 때 이른 고뇌Unordnung und frühes Leid」 발표. 피셔
         출판사에서 『토마스 만 전집』 10권이 간행됨.

1926년   프로이센 예술원의 문학 회원으로 선출. 구약성서 중의 창세기
         에서 소재를 찾은 4부작 장편 『요셉과 그 형제들Joseph und seine
         Brüder』 집필 착수.

1927년   연극배우로 성공을 꿈꾸던 누이동생 율리아 만 자살.

1929년   노벨 문학상 수상. 수상작은 『부덴브로크가의 사람들』이지만, 토
         마스 만은 『마법의 산』이 더 훌륭한 작품이라고 생각하여 불쾌감
         을 표시.

1930년   이탈리아의 무솔리니와 히틀러를 비판한 단편 「마리오와 마술사
         Mario und der Zauberer」 출간. 평론집 『시대의 요구Die Forderung des
         Tages』 출판. 이집트와 팔레스타인으로 여행. 「이성에 호소함」이
         란 강연을 통해 나치의 의회 진출을 경고.

1932년 괴테 서거 100주년에 즈음하여 「시민 시대의 대표자로서의 괴테」, 「작가로서의 괴테」라는 강연을 함.

1933년 4부작 연작소설 『요셉과 그 형제들』 제1부 『야곱 이야기*Die Geschichten Jaakobs*』 발표. 1월 30일 히틀러가 독일 수상이 됨. 2월 10일 뮌헨 대학교에서 「리하르트 바그너의 고뇌와 위대성」이라는 제목으로 강연을 한 후, 국외로 강연여행을 떠난 채 망명. 스위스의 취리히 호반 퀴스나하트에 거처를 정함. 처음에는 정치적 활동을 자제하여 다른 망명 문학가들의 오해를 받음.

1934년 『요셉과 그 형제들』 제2부 『청년 요셉*Der junge Joseph*』 간행. 미국으로의 첫 여행.

1935년 평론집 『리하르트 바그너의 고뇌와 위대성*Leiden und Größe Richard Wagners*』 발표.

1936년 『요셉과 그 형제들』 제3부 『이집트에서의 요셉*Joseph in Ägypten*』 간행. 자신이 망명 작가임을 밝힘으로써 히틀러 정권에 의해 재산이 몰수되고 아울러 독일 국적을 박탈당함. 본대학교로부터 박사학위 철회를 통고받음. 강연문 「지그문트 프로이트와 미래 Sigmund Freud und die Zukunft」 발표.

1937년 본대학교의 조처에 항의하는 「독일 고전주의자의 서간집: 앎으로의 도정Briefe deutscher Klassiker: Wege zum Wissen」 발표. 콘라트 팔케와 함께 격월간지 『척도와 가치*Maß und Wert*』를 발행(1939년까지)하여 독일 문화를 옹호함.

1938년	미국으로 이주. 2년간 프린스턴대학교의 객원 교수로 강의. 「다가올 민주주의의 승리」라는 제목으로 미국 15개 도시에서 강연. 선언문 「유럽이여, 경계하라!Achtung, Europa!」 출간.
1939년	괴테를 패러디한 장편 『로테, 바이마르에 오다Lotte in Weimar』 발표. 괴테를 주인공으로 하여 천재의 내면을 그리면서 히틀러 독재와는 다른 괴테적인 독일을 그려 냄. 제2차 세계대전 발발. 국제 펜클럽 대회에서 「자유의 문제」라는 제목으로 강연.
1940년	단편 「뒤바뀐 머리Die vertauschte Köpfe」 발표. 영국 BBC 방송을 통해 「독일 청취자 여러분!」이라는 제목으로 5년간 55회 라디오 방송. 히틀러 타도를 독일 국민들에게 호소함.
1941년	캘리포니아로 이주.
1943년	『요셉과 그 형제들』 제4부 『부양자 요셉Joseph der Ernährer』을 출간함으로써 이 작품의 4부작을 완성함. 단편 「십계명Die zehn Gebote」과 장편 『파우스트 박사Doktor Faustus』 집필 시작.
1944년	단편 「계율Das Gesetz」 발표. 미국 시민권 획득. 프랭클린 루스벨트 대통령 선거 참모 역할.
1945년	제2차 세계대전 종결. 5월 7일 독일 항복. 연설문 「독일과 독일인 Deutschland und die Deutschen」을 발표하여 전후 미국사회에 독일의 문화와 독일인의 입장을 변호함.
1947년	『파우스트 박사: 한 친구가 이야기하는 독일 작곡가 아드리안 레버퀸의 생애Doktor Faustus: Das Leben des deutschen Tonsetzers Adrian

Leverkühn erzählt von einem Freunde』 간행. 파우스트라는 독일의 전형적인 인물을 천재 음악가로 형상화하면서 그가 악마와 결탁하여 몰락하는 비극을 그려 추상적이고 신비적인 독일 혼을 파헤침. 나치즘이라는 악마적인 비합리주의가 독일에 대두하게 된 원인과 과정을 예리하게 묘사함. 취리히에서 열리는 국제 펜클럽에 참가하기 위해 전후 처음으로 유럽을 방문함.

1949년　「파우스트 박사의 성립: 소설의 소설*Die Entstehung des Doktor Faustus: Roman eines Romans*」 발표. 망명 후 처음으로 독일을 방문. 프랑크푸르트와 바이마르에서 괴테 탄생 200주년을 기념하여 연설. 프랑크푸르트시가 수여하는 괴테상 수상. 또 옥스퍼드대학교에서 「괴테와 민주주의」라는 제목으로 강연. 아들 클라우스 만 자살.

1950년　시카고대학교와 소르본대학교에서 「나의 시대」라는 제목으로 강연. 동독으로 가려던 형 하인리히 만 사망.

1951년　장편 『선택받은 사람*Der Erwählte*』 출간. 근친상간의 죄인이 속죄하여 은총을 받아 결국 교황에까지 오르게 된다는 내용. 약간 가볍게 읽히고 즐거움을 선사하면서 인간성의 회복을 묘사함.

1952년　유럽으로 돌아와 스위스의 취리히 근교에 정착.

1953년　단편 「기만당한 여인Die Betrogene」, 평론집 『옛것과 새것*Altes und Neues*』 간행.

1954년　장편 『사기꾼 펠릭스 크룰의 고백: 회상의 제1부*Die Bekenntnisse des Hochstaplers Felix Krull: Der Memoiren erster Teil*』를 간행. 세상에 조금이

나마 수준 높은 웃음을 가져다주려는 염원을 담은 작품. 취리히 근교 킬히베르크에 저택을 구입.

1955년 쉴러 서거 150주년을 맞아 「쉴러에 대한 시론試論 Versuch über Schiller」을 쓰고, 동서독에서 쉴러의 기념강연을 함. 당시 스위스 국적을 가지고 있던 토마스 만은 고향도시 뤼베크의 명예시민이 됨. 7월 21일 혈전증 진단을 받고 8월 12일 취리히 시립 병원에서 사망. 16일 킬히베르크의 교회 묘지에 안장됨.

참고문헌

1. 국내

1) 저서

윤순식, 『아이러니: 토마스 만의 《마의 산》에서』, 한국학술정보, 2004.

이신구, 『헤세, 토마스 만 그리고 음악』, 전북대학교출판문화원, 2020.

황현수, 『토마스 만의 문학과 사상』, 세종출판사, 1996.

2) 역서

로만 카르스트, 원당희 역, 『토마스 만: 지성과 신비의 아이러니스트』, 책세
　　　　상, 1997.

토마스 만, 윤순식 역, 『마의 산』, 열린책들, 2014.

　　　　, 원당희 역, 『마법의 산』, 세창출판사, 2016.

2. 국외

1) 단행본

Breloer, Heinrich, *Unterwegs zur Familie Mann*, Frankfurt am Main: S. Fischer,

2001.

Breloer, Heinrich · Königstein, Horst, *Die Manns*, Frankfurt am Main: S. Fischer, 2001.

Elsaghe, Yahya, *Die imaginäre Nation: Thomas Mann und das 'Deutsche'*, München: Fink, 2000.

Heller, Erich, *Thomas Mann. Der ironische Deutsche*, Frankfurt am Main: Suhrkamp, 1975.

Klugkist, Thomas, *Der pessimistische Humanismus*, Würzburg: Königshausen und Neumann, 2002.

_____, *49 Fragen und Antworten zu Thomas Mann*, Frankfurt am Main: S. Fischer, 2003.

Koopmann, Helmut, *Thomas Mann–Heinrich Mann: Die ungleichen Brüder*, München: dtv, 2005.

Kurzke, Hermann, *Thomas Mann: Das Leben als Kunstwerk*, Frankfurt am Main: S. Fischer, 2001.

Mann, Thomas, *Gesammelte Werke in dreizehn Bänden*, Bd. I, III, IX, X, XI, XIII, Frankfurt am Main: S. Fischer, 1974.

Mayer, Hans, *Thomas Mann*, Frankfurt am Main: Suhrkamp, 1980.

Prater, Donald A., *Thomas Mann. Deutscher und Weltbürger. Eine Biographie*, München: dtv, 1995.

2) 기타

Böhm, Karl Werner, "Die homosexuellen Elemente in Thomas Manns 'Der Zauberberg'", in Hermann Kurzke(Hrsg.), *Stationen der Thomas-Mann-Forschung: Aufsätze seit 1970*, Würzburg: Königshausen und Neumann, 1985.

Dierks, Manfred, "Buddenbrooks als europäischer Nervenroman", in *Thomas Mann Jahrbuch*, Bd. 15, Frankfurt am Main: Vittorio Klosterman, 2002.

Koopmann, Helmut, "Humor und Ironie", in *Thomas-Mann-Handbuch*, Stuttgart: Alfred Kröner, 1995.

Lehnert, Herbert, "Thomas Mann. Schriftsteller für und gegen deutsche Bildungsbürger", in *Thomas Mann Jahrbuch*, Bd. 20, Frankfurt am Main: Vittorio Klosterman, 2007.

[세창명저산책]

세창명저산책은 현대 지성과 사상을 형성한 명저를 우리 지식인들의 손으로 풀어 쓴 해설서입니다.

· 세창명저산책은 계속 이어집니다.